光文社文庫

文庫書下ろし

SCIS
最先端科学犯罪捜査班SS Ⅱ

中村　啓《ひらく》

光　文　社

この作品は光文社文庫のために書下ろされました。

「SCIS 最先端科学犯罪捜査班SS Ⅱ」目次

序章 7

第一章 挿《す》げ替える頭 10

第二章 二度目に殺す毒 80

第三章 血に飢える者 125

第四章 燃える死体 180

第五章 誰にも言えない永遠の愛の物語 221

終章 237

ＳＣＩＳ　最先端科学犯罪捜査班[SS]　Ⅱ　おもな登場人物

小比類巻祐一……………警察庁刑事局刑事企画課所属。警視正。35歳。ＳＣＩＳチームを率いる。
最上友紀子……………元帝都大学教授。天才科学者。祐一の大学時代の知人。ＳＣＩＳチームの一員。35歳。
中島加奈子……………警察庁刑事局刑事企画課課長。警視長。46歳。
長谷部勉……………警視庁捜査一課第五強行犯殺人犯捜査第七係係長。警部。48歳。ＳＣＩＳチームの一員。
玉置孝……………警視庁捜査一課第五強行犯殺人犯捜査第七係捜査員。巡査部長。36歳。ＳＣＩＳチームの一員。
山中森生……………警視庁捜査一課第五強行犯殺人犯捜査第七係捜査員。巡査。27歳。ＳＣＩＳチームの一員。
江本優奈……………警視庁捜査一課第五強行犯殺人犯捜査第七係捜査員。巡査。29歳。ＳＣＩＳチームの一員。

SCIS 最先端科学犯罪捜査班[SS] II

序章

小比類巻祐一《こひるいまきゆういち》はリビングのソファに腰を下ろすと、グラストップテーブルの上に置かれたノートパソコンを開き、あるアプリを起動させた。それは一日の終わりの夜の儀式の始まりだった。

画面に現れたのは、だだっ広い薄暗闇の中に、銀色の繭《まゆ》のような形状のカプセルが列になって並ぶ光景だ。アメリカのトランスブレインズ社の冷凍保管庫である。一つひとつのカプセルの中には冷凍保存された人体が入っている。当然ながらもうすでに死んだ者たちだ。そのうちの一つにズームアップする。カプセルの上部に切れた小窓から、整った顔立ちの女性の顔が覗《のぞ》いた。

小比類巻亜美《あみ》――。祐一の妻である。

亜美は六年前がんにより他界した。厳密に言えば、死亡する直前、昏睡《こんすい》状態に陥《おちい》ったとき、マイナス一九六度の液体窒素《ちっそ》に漬けて冷凍したのだ。将来、人類ががんを克服し、冷凍された人体を解凍する技術を見出《みいだ》したとき、亜美を目覚めさせるために。

冷凍保存技術は死を克服《こくふく》したいと願う人類の希望の一つだ。太古《たいこ》の昔から、人は不老不死を夢見てきた。自ら死にたくないために、愛する人を失いたくないために。科学の進歩は人類の希望を叶《かな》えてきた。空を自由に飛び回ること、月へ行くこと、病を治すこと……。そしていま、人類は死をも克服しようとしている。

亜美は弱冠二十八歳でその生涯を終えなくてはならなかった。それは本人にとっても祐一にとっても早すぎる死だった。納得できるものではなかった。亜美の承諾を得たわけではないが、祐一は勝手に亜美を冷凍保存する決断を下した。将来、冷凍保存からよみがえったとき、何と言われるだろうか。ひょっとしたら、怒られるかもしれない。それでも、永遠に会えなくなるよりはましだと思う。

「亜美、今日は星来《せら》の誕生日だったんだ。母さんと三人でショートケーキを食べたよ。星来はすごく喜んでいた。笑い方がね、きみに似ているんだよ。日に日にきみに似てきているようにも思うよ」

ノートパソコン越しに、冷凍保存された亜美にその日に起きたことの報告をする。それが一日の日課だ。

今朝方に見つけたある記事を思い出す。最先端の科学技術を紹介するニュースサイトで見つけたものだ。記事にはナノテクノロジーの進歩により傷ついた細胞を修復するナノロボットの開発が急ピッチで進んでいることが記されていた。それが事実だとすれば、人体の冷凍解凍時に傷ついた細胞をよみがえらせることができる。もちろん、がん細胞を除去するなどお手の物だろう。亜美の覚醒に一歩近づいたことになる。

その日がなんと待ち遠しいことか。

「亜美」

祐一は画面に向かってつぶやいた。

「また会える日が来るかもしれない。きっと……。いや、必ず」

第一章　挿《す》げ替える頭

1

決断を下すには覚悟が必要だった。文字どおり死ぬ覚悟が。

飯野健三《いいのけんぞう》は手術前に一度その献体を見ておきたかった。入院先の自分の部屋から車椅子に乗り、看護師数名に連れられて、他の階にある個室へ向かった。飯野はもはや自分の力で車椅子を動かすことはできなくなっていた。脊髄《せきずい》性筋萎縮《きんいしゅく》症という遺伝性の病気のため、身体の筋肉が徐々に動かなくなり、やがて死ぬ運命にあった。

心構えなどできぬまま個室に入ると、看護師がベッドのまわりを囲むカーテンを開けた。飯野は静かにベッドの上で眠っているように見える献体を見つめた。

三十歳ぐらいの男性が薄水色の患者衣を着て横になっていた。口元には人工呼吸器が取り付けられ、ゆっくりと胸が上下に動いている。この献体はまだ生きているのだ。とはいえ、数日以内に心臓は止まり、やがて彼には完全なる死が訪れることになる。世界の他の国々では脳死は人の死として認定されているが、日本では臓器提供を前提とした場合に限り、脳死は人の死とされる。つまり、この人物は法律的には死んでいるといっていい。

迷いがないといえば嘘になる。しかし、自分の病は不可逆的なまでに進行してしまっていた。

もう後戻りはできない。やるしかないのだ。

四十代の中肉中背の医師が部屋に入ってきた。フレームレスの眼鏡越しに穏やかな目を飯野に向ける。

「もうすぐこの身体があなたのものになるのですよ」

こんな喜ばしいことはないだろうというような、それは言い方だった。

喜ばしいことなのだろうか？　自分の本当の感情がわからなくなっていた。

その男性の首から下の身体が、六十三歳の飯野のものとなる。すなわち、飯野の首を切断し、その若者の首もまた切断し、飯野の首に若者の首から下をつなぎ合わせるのだ。世界でも例を見ない大手術である。

一瞬でも自分の首が切り離されることに恐怖を感じないわけがない。他人の身体とつなぎ合わされることに嫌悪《けんお》感を覚えないわけがない。

それでも他に選択肢はない。このまま固まって死んでゆくのを待つよりは。

2

警察庁刑事局刑事企画課の小比類巻祐一警視正《けいしせい》は、直属の上司である中島加奈子《なかじまかなこ》課長に呼び出され、課長室に足を向けた。

中島課長に替わってから、課長室はすっかり様変わりしていた。執務デスク、応接セット、資料を納める棚など、すべての調度品《ちょうどひん》は、ヨーロピアンスタイルのアンティーク調のものになり、シャンデリアこそ吊るされていないものの、大げさに言えば、ヨーロッパ貴族が住む城の一室のようであった。とても堅苦《かたくる》しい官庁の一室とは思えない部屋であった。

その部屋の主もまた少し浮いた存在だった。今日もネイビーブルーのスーツに、グレーのシャツを合わせた、ファッショナブルでシックな装いをしている。胸元に小ぶりなゴールドのネックレスが光り、黒のセミロングが揺れると、耳たぶに付けられた、これまたゴールドの小さなピアスが覗《のぞ》く。中島課長は四十六歳の年齢より多少老けて見えるが、非常に整った顔立ちをしており、ハイセンスなファッションもよく似合っている。

「どうぞお掛けください」

丁寧《ていねい》さの中に威厳の込められた口調でそう促され、祐一はようやく椅子に腰を下ろした。その椅子もまたアンティーク調の革張りのものだ。椅子のクッションが長い息を吐き出すようにすると、五センチほどお尻の位置が下がった。祐一はけっして座り心地はよくない椅子の上で居住まいを正した。

紅茶党の中島課長は、高級そうな白い陶磁器《とうじき》のティーポットから、白と青のウェッジウッドのカップに紅茶を注ぎ始めた。

「先日、元国会議員の飯野健三氏が殺害されたのはご存じですね？」

祐一はうなずいた。

「ええ。報道で知りました。家を出るところを何者かにナイフで刺されたとか。数年前の選挙に落選されてからは、講演を中心に活動されていたそうですね。驚いたのは、脊髄性筋萎縮症で車椅子生活を余儀なくされていたはずが、幹細胞《かんさいぼう》治療の成果か、すっかり車椅子なしでの生活を送られていたことです」

　中島課長はわずかに目を細めた。幹細胞治療のことがよくわからなかったのだろう。幹細胞治療とは自身の身体から採取した細胞から幹細胞を培養し、患部に注入する再生医療のことである。幹細胞とは身体をつくるさまざまな細胞を作り出す分化能《ぶんかのう》を持つ細胞で、この幹細胞を患部に注射すれば、失われたり傷ついたりした細胞を復活させることが期待できるという。ただし、この幹細胞治療の費用は目の玉が飛び出るほど高額で、いまのところ一部の富裕層にしか手が出せない代物《しろもの》である。

「あなたが言うように、誰もが何らかの最先端の治療行為によって再び歩けるようになったものと思っていたでしょう。ですが、事実はかなり違ったのです。いえ、最先端の治療技術には違いないのですが」

　話が見えにくい。戸惑いを感じていると、中島課長は一枚の写真をテーブルの上に置いた。それは解剖台の上に載った飯野元議員の遺体の正面、腰から上を撮影したものだった。解剖はすでに済んでおり、頸部から正中切開《せいちゅうせっかい》された生々しい痕《あと》があった。

「これから話すことは監察医《かんさつい》による解剖所見《しょけん》、DNA鑑定、そして、飯野夫人の証言でも確認されたことであり、間違いないことなのですが」

そう前置きをしてから、中島課長はついに言った。

「飯野健三の首から下の身体が飯野健三のものではないことがわかりました」

祐一は困惑した。話の内容がさっぱり頭に入ってこない。

「失礼ですが、何をおっしゃっているのかよくわからないのですが……」

中島課長もまた困惑しているようだった。話が伝わらないのがもどかしいというようにじっと祐一を見ていた。

「わたしもどういうことなのかわかりません。ですが、解剖された遺体の首から下が、飯野健三のものではないことが明らかになったのです。頭部は間違いなく飯野健三です。しかし、首から下の身体は他の誰かのものだったのです」

なるほど、話している意味はわかった。しかし……。

「そんな馬鹿な……」

「間違いありません。DNA鑑定により、首から下の身体が別人のものであることがわかっているのです。これは科学で証明されたことなのですよ。飯野夫人はだいたい感づいていたそうです。二年前、飯野健三が大きな手術を受けてくると、長期間入院していたことがあったそうで、自宅に帰宅した飯野健三は自力で歩いて戻ってきたのだとか。それからしばらくして、飯野健三の右肩にあった火傷《やけど》の痕がきれいさっぱりなくなっていることに夫人は気づいたそうです。身体も若返ったように見えたと。夫人は本人を問い詰めたそうですが、飯野健三は何も答えなかったそうです」

祐一は喉が渇《かわ》くのを感じた。口をつけていなかったアールグレイの紅茶を一口啜《すす》った。

「なるほど。不自由になった身体を健康な人間のものと取り替えたというわけですね。しかし、いったい誰がそんな恐ろしい手術を……？」

「わかりません。しかも、同様の頭部と身体が別々になっている人間が、一週間前にも一人殺害されているのです」

中島課長は資料を手渡してきた。殺害された人物の名前とプロフィールが記されている。斎藤雄造《さいとうゆうぞう》という五十七歳の投資家だ。カネがなければ、行えない手術なのだろう。

「それは由々《ゆゆ》しき事態ですね」

「ええ。これは単なる殺人事件ではありません。被害者が通常ではないのですからね。そこで、ＳＣＩＳに捜査を要請します」

SCISとは、〈サイエンティフィック・クライム・インベスティゲーション・スクワッド〉、すなわち〈科学犯罪捜査班〉の略である。最先端の科学技術の絡んだ不可解な事件を捜査するために、警察庁刑事局刑事企画課の小比類巻祐一警視正をトップとして結成された特別なチームであり、警視庁捜査一課の第五強行犯、殺人犯捜査第七係の長谷部《はせべ》勉《つとむ》警部を実働部隊の長として、その下に数名の個性的ながら優秀な捜査員を置き、在野の天才科学者である最上友紀子《もがみゆきこ》博士をアドバイザー的な存在として擁している。

「わかりました。ただちにSCISを招集して捜査に取り掛かります」

祐一は頭を下げて立ち上がると、課長室をあとにした。部屋から出たときには、脇の下に嫌な汗を掻いていた。

3

祐一はまず最上博士に連絡を入れた。博士は普段東京の都心から離れた八丈島《はちじょうじま》に住んでいる。飛行機が飛ぶ原理には科学的な説明がつかないとのことで、飛行機に乗りたがらないため、毎回八丈島からはフェリーに乗って約十時間かけてやってくる。フェリーは朝の九時四十五分発なので、夜の七時四十分ごろ竹芝桟橋《たけしばさんばし》に到着する。こちらとしては丸一日待ちぼうけを食らうことになる。電話してみると、留守番電話が応答した。おそらく自宅にこもって研究でもしているのだろう。仕方がない。今回も八丈島まで足を運ぶしかあるまい。

警察庁のすぐ隣にある警視庁に長谷部を訪ねた。窓際にあるよく陽の当たる席で、長谷部は新聞を読んでいた。相変わらず仕立てのよいチャコールグレイのスーツを着て、臙脂《えんじ》色のブランドものらしきネクタイを巻いている。本人曰《いわ》く、バツイチ婚活中のため、服装には気を使っているそうだ。

「やあ、コヒさん、また新たな事件でも起きたかな？」

祐一を見ると顔を輝かせた。普通の殺人事件は飽きたとのことで、ＳＣＩＳ案件を常に欲しがっている。

飯野健三の事案について話すと、にこやかだった長谷部の顔は驚きの表情へと変化した。

「首を切断して他人の身体と挿《す》げ替える⁉　そんなことができるのかよ……」

「現代科学はわれわれの想像を上回るスピードで不可能を可能にしていっています」

「うーん、人間の欲望というものには際限がないんだなぁ」

「そこで、最上博士に応援を頼みたいんです。一緒に八丈島まで来てもらえますか？」

長谷部はすぐには答えなかった。反応の鈍さを意外に思う。いつもは「行きたい、行きたい」と食いついてくるからだ。

「どうかされましたか？」

「いや、八丈島はいいところだよ。風光もよいし、海鮮も旨《うま》い。でも、行ったばかりだし、当分はいいかなって思ってさ」

むっとした。

「長谷部さん、何か勘違いされているようですが、われわれは遊びで行くわけじゃないんです。仕事で行くんですよ？」

「そうだった、そうだった。勘違いしていた。わかったよ、行くよ、行く」

ほっと息を吐いて、踵《きびす》を返しかけると、声がかかった。

「釣り道具を持っていっていいかな？」

「ダメです。一泊もするつもりはありませんので」

長谷部は残念そうにかぶりを振っていた。

翌日昼過ぎに羽田《はねだ》を発ち、一時間のフライトを経て、祐一と長谷部は八丈島に到着した。空港から一歩外に出ると、冷たい風に顔をなぶられた。薄手のコートを着ていても少し肌寒い。東京都のずいぶん南のほうに位置するが、八丈島は常夏《とこなつ》の島ではない。タクシーに乗り、八丈富士を目指した。山麓に最上博士の自宅兼研究施設がある。

運転手は何度か会っている馴染みの年配の男だった。バックミラー越しに人懐っこい顔で話しかけてくる。

「ああ、お客さん、よく来られますね。お仕事ですか？」

「ええ、まあ、そんなところです」

「お客さんにこの前、幽霊の話をしたじゃないですか。あれ以来、ふつりと幽霊を見なくなりました」

「そうですか、それはよかったです」

祐一は内心苦笑した。前回同じタクシーに乗ったときに、運転手はこんな話を語った。空港で日本人形のような女を乗せたところ、最上博士の家の前までやってくると、その女はどこにもいなかったというのだ。しかし、ことの真相は、透明マントを被《かぶ》った最上博士のいたずらだった。透明マントの事案は内密なため、あえて真相については打ち明けなかった。

田園地帯を通り過ぎると、森林が広がるようになった。山裾《やますそ》に近づいて、九十九折《つづらおり》になった小道を抜けると、石垣がところどころ崩れた、一軒の民家が見えてくる……はずだった。

タクシーは路傍《ろぼう》で停止した。

「こ、ここですか？」

祐一は狼狽《ろうばい》を隠せなかった。

「ええ、そのはずです」

祐一と長谷部はお金を支払うと、車から路傍に下りた。二人は茫然《ぼうぜん》としてその場に立ち尽くした。

あろうことか、最上博士の邸宅が跡形もなく、なくなっていた。崩れた石垣に囲まれただだっ広い敷地があるだけである。タクシーは無情にも二人を残して走り去っていった。

長谷部がぼそりと言った。

「ええっと、引っ越し？」

祐一は首をひねる。

「さあ……。取り壊した、ということでしょうか？」

「最上博士は何も言ってなかったのか？」

「ええ、何も……」

祐一はその場でスマホから電話をかけてみた。今度は電波が通じないか、電源が入っていないという。困ったことになった。どうしたものかと思案していると、崩れかけた門扉《もんぴ》にインターフォンのボタンがあることに気づいた。

意味はないだろうと思いながらも押してみる。すると、地面が大きく揺れた。

「じ、地震だ……」

長谷部が狼狽をあらわにした。

「かなり大きいですね」

いままで経験したことのないほど大きい。二人は立っていられなくなり、その場にしゃがみ込んでしまった。

目の前の地面が盛り上がるのを見た。いや、地面ではない。地中に埋まっていた建造物が顔を出したのだ。地面の揺れが収まったころには、前に見た最上博士の邸宅がすっかりその姿を現していた。

しばらくすると、玄関のドアが内側から開いた。恐る恐る入ってみると、高級そうなペルシャ絨毯《じゅうたん》の敷き詰められた西洋風のリビングで、最上博士が白い革張りのソファに腰を下ろし、優雅におそらくはハーブティーらしき飲み物をカップから飲んでいた。レモングラスのさわやかな香りが漂っていたからだ。

「どうしたのよ、二人ともハトが豆鉄砲を食ったような顔をして」

祐一はため息をつくと、軽く咳払いをした。

「地面の中から家が出てくるのを目撃すれば、誰だってハトが豆鉄砲を食ったような顔をしますよ」

「まったく悪い冗談だぜ」

長谷部もむっとしている。

最上はおかしそうにくすくすと笑った。

「巨大な油圧式ジャッキを地中に埋めて、電動式に家を地面から出したり引っ込めたりできるようにしたのよ」

「どうしてそんな大がかりな工事を？」

そこで、最上博士は表情をあらためて、悲しそうな顔つきになる。

「ほら、島崎《しまざき》課長が殺されたじゃないの。島崎課長が狙われたってことは、ＳＣＩＳの他のメンバーが狙われないとも限らないってことだからね。念には念を入れてよ」

「なるほど……」

ＳＣＩＳの前の指揮官である島崎博也《ひろや》課長は、春先、帰宅途中の路上で何者かに刃物で刺され殺害された。犯人はその後、逮捕された。吉野和人《よしのかずと》は何者かから透明マントを受け取り、島崎を殺すよう指示を受けたという。その指示を出した人物についてはまだわかっていない。現在、捜査は難航しているという。

苦々しさが胸中によみがえってきた。容疑者一人挙がっていないことが歯がゆい。

「確かに、用心に越したことはありません」

「いったい工事にいくらかかったんだ……」

長谷部がぶつぶつと言う。

「座っても？」

「どうぞ」

祐一と長谷部は最上に向かい合う形でソファに腰を下ろした。

「いまハーブティーを入れるからちょっと待っていて」

そう言い残し、最上はキッチンに消えた。しばらくすると、カップ二つと色とりどりのマカロンの入ったボウルの載ったお盆を手に持って運んできた。テーブルの上に二つのカップとボウルを置く。なんと青い色をしたお茶だった。

「バタフライピーっていう熱帯雨林に生息するマメ科の植物の花のハーブティーよ。それだけだと味も香りも薄いので、カモミールをブレンドしてみたんだけれど」

祐一は一口含んだ。カモミールの味だけはなんとか感じられた。しかし団欒《だんらん》を楽しむためにやってきたのではない。話を切り出すことにする。

「最上博士、また不可解な事件が起こりました」

元国会議員の飯野健三が殺害され、その遺体の頭は飯野のものでありながら、首から下が別人のものだったという検視報告について話すと、最上は顔色一つ変えずにこんなことを言った。

「ああ、それは禁断の頭部移植だね。理論的には可能だとは言われていたけれど、まさか実際に行われて成功していたとは思わなかったなぁ」

「そんなことが可能なんですか？」

実際に行われているのだが、そう聞かずにはいられなかった。

「理論的には可能だと思うよ。二〇一五年、米国脳神経外科・整形外科学会で、イタリア・トリノの外科医であるセルジオ・カナベーロが、頭部移植手術について詳しい情報を公開したの。ナノレベルの切れ味に研ぎ上げられた特殊なメスを使用して脊髄をキレイに切断するんだけれど……。

まず、移植中の細胞壊死《えし》を最小限に抑えるために、被験者の脊髄をやや下の位置で切断するのね。次に、移植先の身体のほうはやや上の位置で切断して、切ったばかりの断面をつなぎ合わせる直前にもう一度薄くスライスするの。次に動物実験で効果が実証されているポリエチレングリコールをいくらか加えて神経の再生を促進し、特殊な連結器具で切断面をつなぎ合わせるってわけ。これでおしまい。心臓や腎臓の移植手術には成功しているんだもの、難易度は高くなるとはいえ、頭部を移植することだって可能だと思うな」

「いやぁ、何だか首のあたりがむずむずする」

長谷部が自分の首のあたりを両手でさする。

祐一は疑問を感じて尋ねた。

「まったくの別人の身体を移植して拒絶反応などはないんですか?」

「たぶんあると思う。だから、免疫抑制剤を生涯にわたって服用しなくてはならなくなるとは思う」

「いやいや、そういうことじゃないんだよ。できるとかできないとかさ、そういうことじゃなくってさ」

長谷部はいらいらしたような口調で続けた。

「倫理的に首を挿げ替えるようなことをしていいのかっていうことなんだよ」

長谷部は保守的思想の持ち主である。最先端科学に対して、畏怖《いふ》や嫌悪《けんお》さえ抱いている節がある。

祐一もその気持ちがわかるのだった。科学に罪はないだろう。あるとすれば、それを使用する人間の側にある。科学の使い方には細心の注意を払うべきなのだ。

「長谷部さんが嫌悪感を示す気持ちもわかります。倫理的な問題だけではなく、法律的にも問題になる可能性があります。被験者の頭部につながれる身体はどこからもたらされたのかということです。一人の人間を救うために、殺人が行われた可能性さえ考えられます。いえ、たとえ身体の提供者が脳死状態にあるとしても、それならば、同意を得ることはできなかったはずで、法的な問題が生じる可能性があります。まさか本人も頭を挿げ替えられるとは思わないでしょうからね」

最上はうんうんとうなずいていた。

「そうだよね。わかるよ。反対する人は少なくないだろうからね。でも、カナベーロの頭部移植手術を受ける第一号の患者だったロシア人のヴァレリー・スピリドノフはね、脊髄性筋萎縮症という全身の筋力が低下してやがて死に至る病気を患っていたんだけど、手術に反対する人たちに言いたいことは何かと尋ねられて、こう言ったの。〝わたしの立場に自分が置かれたらどう思うかを想像してみてほしい〟ってね」

祐一は渋々ながらうなずく。

「確かに、余命いくばくもない患者にとっては希望となりうる治療法ではありますね」

「まあ、そうかもしれないが……」

長谷部はなおも納得がいかない様子だった。

祐一は興味を持って尋ねた。

「それで、そのロシア人の患者は結局どうなったんですか？」

最上は肩をすくめる。

「それがね、ヴァチカンやいくつかの学術機関の圧力を受けたユネスコがカナベーロのプロジェクトへの反対を表明してね。ヴァレリー・スピリドノフも手術を辞退してしまったし、カナベーロとしても世界的に高まった反対の声に抗《あらが》うことはできなかったみたいね」

つまり、イタリア人の医師がプロジェクトを断念したのは、手術が成功しないかもしれないと恐れたからではないのだ。あくまでも世間の風当たりの強まりを感じて、圧力に屈したまでのことだ。

「なるほど、最上博士の言うように理論的に可能であるならば、この国の誰かがカナベーロのように頭部移植手術を実行に移したとしても不思議ではないかもしれませんね」

長谷部は喉の奥でうなった。

「科学者っていうのは困った連中だよなぁ。出来ると思ったら、倫理はそっちのけで突っ走っちゃうんだからなぁ」

「しかも、一度科学が開いてしまった扉を閉じることはほぼ不可能です」

最上はむっとした。

「何だかわたしが責められているような気がするんですけど……。でも、科学は可能性を追求する学問だからね。可能性の先にあるものが希望か災厄かなんて追求してみなければわからないんだからね」

祐一はそこで話を事案のほうに戻すことにした。

「なるほど、現在の技術で頭部移植が可能であることはわかりました。このたび殺害された元国会議員の飯野健三もまた頭部移植の被験者だったのでしょう。実は飯野健三以外にも投資家の斎藤雄造という人物が同様の手術を受け、殺害されています。問題は、誰がその手術を執刀したのか、そして、誰が何のために二人を殺害したのか、ということです」

最上はこくりとうなずいた。

「まさにＳＣＩＳにうってつけの事件ってわけね。わかった。さっそく捜査を始めましょう。ただし、わたしは明日の朝、フェリーで本土に向かうから、捜査を始めるのは明後日からになるけれどもね」

4

最上博士の自宅の前で別れ、祐一と長谷部は一足先に飛行機で都心へ戻った。

翌日、最上がフェリーでやってくるのを待つ。夜に到着した博士は赤坂《あかさか》にあるサンジエルマン・ホテルにそのまま宿泊した。次の日の朝、祐一と長谷部は車で博士を迎えに行き、ピックアップすると、そのまま世田谷《せたがや》方面へと向かった。飯野健三夫人から話を聞くためだ。長谷部は玉置《たまき》孝《たかし》巡査部長に連絡を入れて、山中森生《やまなかもりお》巡査、江本優奈《えもとゆうな》巡査の二名とともに、投資家の斎藤雄造の遺族から話を聞くように命じた。

飯野健三の自宅は世田谷区の経堂《きょうどう》にあった。閑静な住宅街の中でも飯野の西洋風の豪邸は目立っていた。高級な御影石《みかげいし》の垣根に囲まれて、要塞《ようさい》のような厳《いか》つい外観の建物が建っている。インターフォンを鳴らして、対応に出た家政婦に案内され中に入ると、一階の床は大理石で覆われ、靴を脱ぐ必要はないとのことだった。広々としたリビングにはビリヤード台より大きなテーブルが置かれ、壁際にはバーカウンターまで付いていた。飯野の妻、佐由子《さゆこ》が二階から下りてきた。六十絡みながら肌艶《はだつや》がよく、シルバーグレイの頭髪が気品を感じさせる。

夫人の勧めで、一同はテーブルの席に着いた。家政婦がコーヒーとチョコレートの詰め合わせを運んできた。最上はテーブルに詰め合わせが載ると同時に手を伸ばし、流れるような手つきで包装を剝《む》き、素早く口に運ぶと、二個目のチョコレートに手を伸ばした。夫人も家政婦も啞然《あぜん》としていた。

祐一は咳払いをすると、自己紹介をしてから、長谷部と最上の紹介を行った。夫人と家政婦は最上が科学者であると聞いて、どこか納得したような顔をした。優秀な科学者には変わり者が多いという固定観念があるのかもしれない。

祐一はさっそく本題に入った。

「本日は亡くなられた飯野健三先生のことでうかがいたいことがあって参りました。ご遺体を司法解剖した結果、驚くべきことが判明しました。ご主人の首から下の身体がご主人のものではなかったのです」

予想していたのだろう、佐由子夫人に驚いた様子はなかった。

「そうだったんですね。身体が動くようになっただけではなく、以前よりも若々しくなったので、おかしいとは思っていました」

祐一には一つ確かめたいことがあった。それは、最上博士からかつて聞いた話だった。

「たとえば、食べ物の好みや趣味が変わったといったことはありませんでしたか？」

心臓や腎臓といった臓器を移植すると、臓器提供者の記憶が臓器受給者に移植されるといった現象が起こる。それが記憶転移だ。最上博士によれば、脳とはそもそも記憶を保管する器官ではなく、集合的無意識にアクセスするための受信器なのだというが……。

「そういえば、食べ物の好みが変わりました。昔は天ぷらとか唐揚げとか油っぽいものはダメだったのに、むしろ好きになったり……。そうそう、音楽の趣味も変わったんです。昔は演歌しか聞かなかったのに、最近の若者の曲を聞くようになったり……」

最上も祐一の質問の意図がわかったようにうなずいている。やっぱり記憶転移はあるのかもしれない。

話が逸《そ》れてしまったので、本筋に戻すことにする。

「ご主人がどこの病院で手術を受けたのかご存じありませんか？」

佐由子夫人は残念そうにかぶりを振る。

「それが、日本では認可されていない特殊な治療法なので、詳しい病院の名前などは言えないと話していました。だから、わたしもそれ以上は聞いていません」

「それでは、執刀医の名前も知りませんか？」

「知りません」

「何か手掛かりのようなものはないでしょうか？」

「いいえ、すみません」

長谷部ががりがりと頭を掻いた。祐一のほうを向いて言う。

「頭部を移植するっていうんだから、まあ、まともな医者じゃないことは確かだよな。ていうか、社会的な反対の声もあるんだから、大っぴらにはできないことだろう。医者の立場だって危うくなるんじゃないか？」

祐一はうなずいた。

「おっしゃるとおりです。世間からは隔絶されたような場所で、秘密裏《り》に行われたものと思われますね」

最上がきょろきょろと部屋の中を見渡した。そして、バーカウンターのほうへ歩いていくと、そこに置かれていた何かを手でつかんだ。

「どこで手術が行われたか、わかっちゃったかもよ」

最上は手の中のものを見せた。それはピラミッド型をした透明な樹脂の中に金色の球体が閉じ込められたものだった。祐一はそれを久しぶりに見た。ボディハッカー・ジャパン協会が作製した置き物である。

「なるほど、そういうことか」

長谷部が納得したようにうなずいた。

「あそこはまともじゃない医者が集まりそうなところだからな」

5

祐一、長谷部、最上の三人は六本木《ろっぽんぎ》方面へ向かった。ボディハッカー・ジャパン協会の代表者、カール・カーンに会うためだ。ボディハッカー・ジャパン協会とは、人類を科学の力によって進化させることを願う、トランスヒューマニズムの信奉者たちが集う団体であり、六本木に協会本部を置いていた。ビルの外壁はきれいに磨かれた鏡になっており、近未来的な雰囲気を見る者に与えている。

受付で来意を告げ、係員に連れられて、エレベーターで二階に上がると、そこは人工的な畳の敷かれた道場になっている。部屋の中央に霞《かすみ》色の作務衣《さむえ》を着た男が胡坐《あぐら》を掻いて座っていた。カール・カーンである。澄んだ目を一同に向ける。両手と両足は銀色の義手と義足で輝いており、頭はきれいに剃《そ》り上げられ、彫りの深い印象的な顔立ちをしている。

「ようこそ、みなさん。ご機嫌はいかがですか？」

泰然自若《たいぜんじじゃく》としたカーンの様子にはどこか人を圧倒するカリスマ性がある。

長谷部が小さく鼻を鳴らした。カーンのことを快く思っていないのは間違いない。最上は同じ科学に通じる者同士、親近感を抱いているようで、「カーンさん、おっつー」などと言っている。

祐一は厳《おごそ》かに応じた。

「ご機嫌というわけではありません。少なくともこの仕事にかかわっているときには」

カーンは微苦笑を崩さない口で言う。

「ほう、今日はどのようなご用件ですか？」

前置きなしで尋ねる。

「こちらの協会で、元国会議員の飯野健三の頭部移植手術を行いましたか？」

「ああ、その件でしたか」

カーンはほっと息を吐き出すようなしぐさをした。

「ええ、確かに、飯野先生の頭部移植手術はうちに所属する医師が執刀されました」

あっさりとそう認めると、誇らしげにこう続けた。

「わたしたちは需要があるところに供給するだけです。科学的に可能であればそれをする。それがボディハッカー・ジャパン協会のスタンスなのです」

「おうかがいしたいのですが、身体のほうはどのようにして入手されたんですか？」

「脳死状態に陥った方たちからの提供です。意識のはっきりしている段階で移植の同意を得ています。もちろん、頭部の移植だと明確に。ですから、法律に抵触することはないかと思いますが？」

「そういう問題かねぇ」

長谷部が不平の声を上げたが、カーンは面白がっているようだ。

「いまの時代は、一人ひとりが死との向かい合い方を選べる時代なのです。そうですよね、小比類巻さん？」

カーンは祐一がトランスブレインズ社で妻の亜美を冷凍保存していることを知っている。祐一はカーンの含みを無視した。

「いままでに何体の頭部移植をされたんですか？」

「十体です。そのうち、五体の方は成功されました」

「ご存じかどうか知りませんが、飯田健三さんともう一人、投資家の斎藤雄造さんの二人が殺人事件の被害者になりました」

カーンの目の色に翳《かげ》りがよぎった。

「そうでしたか……。それは非常に残念なことです」

祐一は所持していた資料をカーンに手渡した。そこには飯野健三と斎藤雄造の職業や住所などが記されている。

カーンは小さくうなずくと渋い顔つきになった。

「なるほど、お二人ともわたしの研究所で頭部移植手術を行った方です」

「カーンさん、いまは頭部移植手術が合法か否《いな》かについて議論をするのは止めておきましょう。それより、頭部移植手術を受けた患者を狙っている人物が誰なのか考えなければなりません」

「わたしの力の及ぶことであれば、何なりとおっしゃってください。しかし、あいにく頭部移植手術を受けた患者の殺害を企《たくら》む人物には心当たりはありませんね」

長谷部は手帳を取り出して、刑事らしい口調で尋ねた。

「それじゃまず、執刀した医師の名前を教えてくれますか？」

「帝都《ていと》大学医学部付属病院に勤務されている西野孝則《にしのたかのり》先生です。ボディハッカー・ジャパン協会の会員でもあります。学会でも大変評価の高い医師として通っていますよ」

祐一は少し斜に構えると、カーンの目を見つめた。

「それほど評価の高い医師がなぜ頭部移植手術に手を出したんでしょう」

「さあ、それはご本人の自由ですから」

カーンは肩をすくめて見せた。

「頭部移植手術を受けてまだ存命の他三人の身元についても教えていただけますか？」

「個人情報保護法というものがあることはご存じかとは思うんですが……。まあ、いいでしょう。他の三人の身に危険が迫っている可能性がありますからね。ご協力しましょう」

そう言ってカーンは立ち上がると、秘書を呼んで、資料を提出するよう命じた。

6

祐一と最上と長谷部は、頭部移植手術を受け、現在存命している患者の一人、相田《あいだ》聡《さとる》を訪ねた。渋谷《しぶや》区千駄ケ谷《せんだがや》にある閑静な住宅街に、三階建ての大きな家屋が建っていた。コンクリートとガラスの塊《かたまり》という感じの現代建築である。当主は相当に儲《もう》かっている人物のようだ。

門柱脇のインターフォンを鳴らすと、男の声が「いま行きます」と応答した。玄関扉から出てきたのは、頭の禿《は》げ上がった六十絡みの男だったが、その体形を見て、長谷部が「嘘だろ」と口走っていた。最上博士も驚きを隠せない様子だ。祐一はなんとか動揺を気取《けど》られまいとした。

相田は三人の反応に満足するように朗《ほが》らかな笑みを浮かべている。

「どうぞ。天気もいいので庭のテーブル席のほうで話しましょうか」

相田のあとに続いて、庭のほうへ歩いた。そこは小さいながら手入れの行き届いた庭で、大きな梅の木と枇杷《びわ》の木が立ち、木陰をつくっていた。

三人はテーブルを挟んで錬鉄《れんてつ》製の椅子に腰を下ろした。相田聡は白のTシャツにベージュの半ズボンという姿だったが、驚くべきは、その胸元が異常なほどふくよかで、まごうことなき女性のバストであったこと、また、袖や裾から伸びる白く張りのある腕や脚もまた女性のものであったことだ。よほど長谷部がぶしつけな目で見ていたのだろう。相田は笑い声を上げた。

「みんな、同じ反応をされますよ。顔は六十代のおっさんだけど、身体は二十代の女性だぞ？　いったいどうなってるんだ⁉　ってね」

祐一は動揺を隠しつつ、落ち着いた口調で言った。

「相田さんが頭部移植手術を受けられたことは知っています。実際、身体のほうは二十代の女性のものを使われたんですか？」

「そういうこと」

「素朴な疑問なんですが――」

長谷部が続けようとする言葉をさえぎるように、相田は手を前にやった。

「はいはい、その質問も何度も受けるんでね。どうして女の身体を選んだのかっていうんでしょう」

「わたしはね、この宇宙の創造物の中で、女の身体というものが一番美しいと思っているからだよ。これにはわたしがデザイナーという職業をしてきたことも関係があるんだが。だから、わたしは次の自分の肉体として、若い女の身体を選んだんだ」

「そ、そうですか。まあ、本人がいいんならいいんじゃないですかね」

長谷部は理解できないというようにかぶりを振っていた。

祐一は相田に向き直った。これから深刻な話をしなければならない。

「相田さん、あなたと同じようにボディハッカー・ジャパン協会で頭部移植手術を受けた患者二人が、何者かにより殺害されるという事案が発生しています。あなたも今後、狙われるかもしれません。あるいは、いままでに命を狙われたことはありませんか？」

相田の顔から血の気が引いた。

「い、いや……。まだないが……」

「誰か犯人に心当たりはありませんか？」

「いや、まったく」

相田はぶるぶると首を振った。

「ええ、まあ……」

「誰がいったいどうして……？」

「わかりません。地元の警察に警護を依頼しますが、外出の際は十分気を付けてください」

祐一は暇乞《いとまご》いをしようと腰を上げた。長谷部と最上も席を立ち上がる。

「それでは、何かありましたらご連絡ください。失礼します」

敷地から出ようとしたところに後ろから声がかかった。

「あ、ちょっと待ってください」

相田は小走りにやってきた。胸が揺れている。

「先生は何と言ってるんですか？　われわれを襲う犯人に心当たりはないんですか？」

「先生？　ああ、執刀された西野孝則医師のことですね？」

「いや、違う。もう一人いたんですよ。中肉中背で、フレームレスの眼鏡をかけた男の先生が。何て言ったかな……。忘れましたが、その方が頭部移植手術のプロジェクトの責任者だったはずです」

「そうですか。情報をありがとうございます。調べてみます」

祐一は丁重に礼を言ってその場をあとにした。

助手席に収まると、祐一は口を開いた。

「頭部移植手術にはプロジェクトの責任者のような存在がいたんですね」

「カーンのやつめ、わざと言わなかったんだな。あいつはホントに食えない野郎だぜ」

運転をしながら長谷部は憤慨《ふんがい》していた。もともとカーンのことをよく思っていないので、なおのことだ。

「それにしても、男って悲しい生き物だな。おれ、あのおっさんの胸元ちらちら見てたよ……」

「男をひと括《くく》りにしないでください」

「え？」

祐一はスマホを取り出すと、カーンに電話をかけた。

「まだ何かご用ですか？」

「カーンさん、わたしたちにまだ言っていないことがあるのではないですか。頭部移植手術を執刀した医師以外に、プロジェクトの責任者のような人物がいたそうですね？」

「ええ、いました。別に隠していたつもりはありません。ただ聞かれなかったから、答えなかったまでですよ」

うんざりとさせられたが、声音には出さないようにした。

「そうでしょうね。何者ですか?」

「唐木田《からきだ》さんです。唐木田優成《ゆうせい》」

カーンは表記を詳しく教えてくれた。

「少なくともわたしがいただいた名刺にはそう記されていました」

「どのような人物ですか?」

「ご本人はサイエンス・プロデューサーと名乗っていましたが、どこかの組織に所属している方ではないようです」

「どこの者ともわからない人物に世紀の大手術を任せたということですか?」

「唐木田さんは頭部移植手術に関する詳細なプロトコルを作成していました。専門家にも精読してもらいましたが、非常に論理的であり実現可能であると判断しました。あとは実際に手術を担当するのは脳神経外科医ですから、何ら問題はないかと。それに、わたしたちは同じ思想を共有しているものですから」

「思想というと?」

「科学万能主義を信奉していることですよ」

「唐木田に連絡を取りたいのですが」

「連絡先を存じ上げません」

「では、どうやってやり取りをするんですか？」

「常に唐木田さんのほうから連絡があるのです。フリーのメールアドレスから送られ、その都度アドレスが変更されます。どうやってもわたしたちのほうから連絡を取り付けることはできません」

「次回会う予定は？」

「ありません。唐木田さんから連絡がない限りは」

「もし連絡があった際は、こちらに知らせてください」

「そうしましょう」

通話を切ろうとする前にカーンが言った。

「小比類巻さん、わたしのほうからもぜひとも犯人の逮捕をよろしくお願いいたします。わたしたちの画期的な成果が台無しになってしまわないように」

7

警視庁刑事課のある階で使われていない会議室がSCISの捜査本部になっている。長谷部の部下の玉置孝、山中森生、江本優奈の三人もそろっていた。

祐一はこれまでにわかっている事実を伝え、頭部移植に関与したサイエンス・プロデューサーの唐木田優成なる身元不詳人物についても言及した。

「顔が六十代で、身体が二十代の女性っていうおっさん、傑作っすね」

玉置がけらけらと笑った。年齢は三十六歳。長身のイケメンで、茶髪をワックスで整えている。型崩れしたスーツを着ているためか、全体的にだらしのない印象を与える。そんな見た目とは裏腹に有能な刑事ではある。妻帯者で、息子と娘が一人ずついる。いまこのときも相変わらずブルーベリーのガムを噛んでいる。

「でも、それって性別はどうなるんですかね？」

山中森生が真面目な顔つきでそんな疑問を口にする。年齢は二十七歳ながら、見た目は四十代に見える。子熊のような体形に、身体に合っていないダボついたスーツを着ている。黒々とした髪は逆立って、黒縁の大きな眼鏡をかけている。

「それは本人の意思を尊重するしかないですよね。女性だっていうんなら、女性っていう扱いになるんじゃないですか」

優奈が優等生的な返しをする。年齢は二十九歳。まだあどけなさの残る丸顔の童顔の持ち主である。髪をポニーテールにして、グレーのリクルートスーツを着ている。下はいつもスカートだ。剣道三段の上に、ＩＴにも通じた文武両道の才女である。

祐一は玉置に尋ねた。

「それで、帝都大学医学部付属病院の西野孝則医師からの聴取はどうでしたか？」

玉置が答える。

「西野医師に悪びれた様子はなかったですね。自分は一人の人間の命を救ったんだって胸を張ってました。警察から事情聴取を受けるようなことは犯してないってね」

「そうではなくて、西野医師の身に危険が及ぶ可能性については話したんですか？」

「もちろんです。それでも、警察に身辺警護をしてもらわなくてもかまわないって言ってました。嫌なやつなんで、ホントに警護してやらなくていいんじゃないっすかね？」

祐一はため息をついた。

「そういうわけにもいきません。頭部移植の被験者が二人殺害されているわけですから、この実験に反発する何者かが犯人である可能性は高いでしょう。ならば、手術を執刀した医師にも危険が及ぶかもしれません」

玉置もまたため息をついて返す。

「わかりました。所轄に話をつけときます」

「他の二人の被験者たちの様子はいかがでしたか？」

「荒木《あらき》武彦《たけひこ》、杉山《すぎやま》葉子《ようこ》の二人はいずれも予後《よご》は良好のようですね。自分たちの命が狙われているとは思っていませんでした。それぞれには所轄の警察官が監視についてくれています」

「わかりました。しばらくは様子を見守りましょうか」

それまで黙って水羊羹《みずようかん》を食べていた最上が、もごもご言いながら口を開いた。

「それにしても、唐木田さんって謎めいた人だね。現在の法律を犯してはいないとはいえ、絶対にヤバい人だしね。わたし会ってみたいなぁ」

祐一は咳払いをした。

「ええ、確かに唐木田はヤバい人物だと思いますが、目下、われわれＳＣＩＳが探し出さなくてはいけないのは、頭部移植を受けた被験者を殺害した人物です」

玉置がまた口を開いた。

「おれ、その犯人がどこのどいつかだいたいわかってきましたよ」

「おれの言いたいこととほとんど同じかもしれないが、タマやん、一応、言ってみようか」

長谷部が焚《た》きつけると、玉置は嬉しそうな笑みを浮かべた。

「殺された被害者の共通項は二人とも頭部移植手術を受けたことですよね。ってことは、犯人は彼らが頭部移植手術を受けていることを知っていたことになるわけです。だから、犯人はボディハッカー・ジャパン協会のプロジェクトを知るうちの誰か、というわけです」

祐一は賛意を示してうなずいた。

「わたしも玉置さんの推理は正しいと思います。犯人はボディハッカー・ジャパン協会の内部、それも頭部移植のプロジェクトに関与していた人物でしょう」

最上博士がじれったそうに言う。

「じゃあ、早くそのプロジェクトに参加していた人たちを取り調べたらいいじゃないの。

そんなに多くはないんじゃない？」

「それがそう簡単な話でもないんです。先ほどカール・カーンにプロジェクトに関与していた、あるいは、その存在を知っていた人物は何人いるかを聞いてみたところ、ボディハッカー・ジャパン協会のすべての会員が頭部移植のプロジェクトを把握していたというのです。協会本部から全会員に向けてメールでお知らせ済みだったとか」

「ええっと、あの協会の会員って何人いるんだっけ？」

「この一年の間に急激に増え、現在一万二五七八名だそうです」

長谷部が腕組みをしてうなった。

「一万人以上の容疑者か。こりゃ、一人ひとり当たるってわけにもいかないな」

最上は何かを思いついたような顔つきになる。

「ねえ、カーンさんにお願いして、もしも全会員の個人情報がわかるのなら、そこからＡＩを使ってプロファイリングしていくことも可能なんじゃないかな」

祐一ははっとさせられた。ＡＩ技術の発展により、個人の属性データや行動パターンなどから、相手の嗜好《しこう》や考えを推測することができるという。

長谷部が驚きの声を上げる。

「そんなことができるのか？」

「ええ。実際に企業が行っています。たとえば、大手ECサイトのアマゾンにはレコメンド機能というものがあります。アマゾンのサイトでは、ユーザーの閲覧履歴や購入履歴から、おススメの商品がトップページに紹介される仕組みになっています」

祐一は気になって最上に尋ねた。

「最上博士、犯人はどんな人物だと思われますか？」

「やっぱり頭部移植手術なんて許しがたいって考える保守的な考え方の人だと思うけど」

長谷部が疑念の声を上げた。

「待てよ。ボディハッカー・ジャパン協会ってそもそも科学の力で人類を進化させようっていう進歩的な考え方のやつらが集うところだろ。そんな場所に保守的な考え方のやつなんているのか？」

最上がぽんと手を打つ。

「あら、ホントだ。普通に考えたら、ボディハッカー・ジャパン協会には犯人のプロファイリングに合う人物っていないんだ」

祐一は首を振った。

「いえ、それはわかりませんよ。会員の全員が必ずしもボディハッカー・ジャパン協会の信奉するトランスヒューマニズムの支持者だとは限らないでしょう。それどころか、敵対する思想の持ち主がスパイ目的のために入り込んでいるのかもしれない。ひょっとしたら、そういう異分子が殺人を犯したのかもしれません。とにかく、AIによるプロファイリングは進めるようにしましょう」

それにはコンピュータに強い優奈が胸を張って応じた。

「それなら、わたしに任せてください！」

祐一は心強く思いながらうなずいた。

8

夜の九時半過ぎ、町田《まちだ》にある自宅マンションに帰宅した。自室の一階下に母の聡子《さとこ》が住んでおり、星来の子育てを手伝ってくれている。母の部屋を訪ねると、星来が出迎えてくれた。

「パパ、お帰り！」

奥から母も顔を出す。今年還暦を迎える。最近少し白髪が目立つようになってきただろうか。普段は私立の女子高で理科の臨時講師をしている。祐一が理系に進んだのは母の影響が大きい。

「夜ご飯はビーフシチューだったけど食べる？」

「いいね。食べるよ」

母のつくるビーフシチューは格別である。市販のルーを使わずに、牛肉をワインで三時間煮込んで完成させている。

「今日はね、杏里《あんり》ちゃんが家に来て一緒に遊んでたのよ」

「星来、いい友達ができたみたいだな」

「杏里ちゃんってね、折り紙がすっごく上手なの。星来も教えてもらったんだ」

手にしている折り紙は恐竜だろう。星来は目を輝かせている。

「よかったな、星来。友達は大事にするんだぞ」

「うん、大事にする」

祐一は星来の頭を撫《な》でた。昔からの癖だが、最近、恥ずかしいのか、身をよじって逃げてしまう。もう子ども扱いされることに抵抗がある年齢なのだろうか。そう思うと、一抹《いちまつ》の淋しさを感じる。

祐一は風呂から出ると、リビングのテーブルに着いて、シチューを食べた。

「やっぱり母さんがつくったシチューが一番おいしいよ」

「そんなこと言ってたら、結婚できなくなるわよ」

そうたしなめられ、祐一は顔をしかめた。母は事あるごとに、再婚をほのめかしてくる。直接的に言われなくとも、そういう圧を感じるのだ。

シチューを食べ終わると、母に礼を言ってあいさつをして、星来を連れて一階上の部屋に帰った。星来を寝かしつけると、祐一は一人考え事をした。

唐木田優成という男に引っかかりを覚えたのだ。カール・カーンは唐木田について同じ思想を共有していると言っていた。

科学万能主義――。

かつてカーンは、SCISの指揮官である島崎博也課長を襲った人物を、常軌《じょうき》を逸《いっ》した科学万能主義者ではないかと推理してみせた。科学者は科学という神に仕える敬虔《けいけん》な信者だが、狂った科学万能主義者は自らを神と同一視するかもしれない。科学がもたらす弊害《へいがい》さえも悪《あ》しきものとは捉えない。人類を淘汰《とうた》するための必要なプロセスだと考えるだろう。それゆえに、最先端の科学技術が絡んだ犯罪を取り締まるＳＣＩＳは、科学万能主義者にとっては敵に映るかもしれないと。

ふと、唐木田優成こそが島崎課長を殺害した犯人ではないか、そんなひらめきを得た。

祐一は身体がかすかに震えているのを感じていた。

9

都心の外資系高級ホテルの一室にて、唐木田優成は服を脱いで裸になり、大きな姿《すがた》見《み》の前に立った。実年齢は五十七歳ながら、引き締まったその身体は、どこからどう見ても、二十代にしか見えない。日頃のトレーニングの成果だけではない。なにしろ、顔もまた二十代にしか見えないのだから。もちろん、美容整形は行っているが、それだけではなかった。幹細胞治療をはじめとする最前線のアンチエイジングを行っている。

大金持ちだった父親の遺産を相続したために、数百年を悠々自適《ゆうゆうじてき》に過ごす経済的余裕はあるが、これからの時代、数百年では足りないかもしれない。

いまは人生百年時代などといわれているが、今後十年二十年の間に、人類が老化という病を克服しかねないからだ。血管や臓器などに溜まった老化細胞を除去するワクチンがすでに開発されている。老化細胞とは、細胞分裂を停止したあとも血管や臓器の中に蓄積して慢性炎症を引き起こし、糖尿病や動脈硬化、アルツハイマー型認知症などさまざまな加齢性疾患《しっかん》の原因となるものをいう。老化が治療すべき病気だと認められれば、将来、保険診療で老化細胞除去ワクチンを使用できるようになる。人類の健康寿命が延びれば、おのずと寿命そのものも延びるだろう。いや、もっと画期的な老化治療法が発見されるかもしれない。ナノマシンによって老化した細胞を完璧に若返らせられるというような。そうなったら人間は不死になる。人類の長年の夢が叶うのだ。

未来の科学の恩恵を受けるためには、健康で長生きする必要がある。そして、決定的な技術が生み出される日を待つのだ。

唐木田優成は科学至上主義者である。科学こそが人類が信仰すべき唯一の宗教であり、唯一科学こそが人類を幸福へと導くことができると信じている。科学の発展により負の遺産が遺《のこ》ったという者はいる。核兵器や原発に付随する核廃棄物を筆頭に、生産の過程で発生した公害により環境が破壊されている。ナノテクノロジーの行く末を憂う者も少なくない。グレイグーという事象のことだ。自己増殖能力を持ったナノマシンが、無限に増殖することで地球上を覆い尽くしてしまう未来は恐ろしい。それでも科学至上主義者は、科学によってもたらされた弊害《へいがい》はさらに進化した科学によって解決可能であると説く。唐木田もそう信じていた。

頭部移植手術のプロジェクトを手掛けたのは、自身が目指している不老不死研究の一環である。身体の細胞は日々老化していく。DNAにダメージが蓄積され、ついには細胞死に至るからだ。しかし、脳の神経細胞はアルツハイマー病などの病気が生じなければ、常に若いまま維持される。脳と身体の老化の進行には大きな差があるのだ。それはすなわち、長寿を求めるならば、不調になった臓器を適宜《てきぎ》移植すればよいということになる。その最たるものが頭部移植だ。脳は老いにくいのだから、老いた身体を取り換えればよいことになる。もっとも、頭部移植手術には高度な技術が必要とされるため、それが受けられるのは富裕者のみであるが。

十体の被験者のうち五体が成功した。上出来だろう。喜んでいたのも束《つか》の間《ま》、被験者のうち二人が殺害されたという情報が入った。彼らが頭部移植者であることを知った者の犯行に違いない。ボディハッカー・ジャパン協会の内部の犯行と見て間違いない。科学至上主義者への挑戦だろうか？　そんなことを考えた。獅子《し し》身中《しんちゅう》の虫《むし》だ。そんな危険な人物は早めに消去したほうがいい。

唐木田はテーブルの上に置かれたマントを身につけた。とたんに、身体が消失した。帝都大学で手に入れた透明マントである。現代科学はそこまで来ているのだ。このマントさえあれば、本物の自由が手に入る。嗅覚《きゅうかく》の優れた動物にさえ気をつければ、警察に捕まることもない。唐木田は透明になったまま夜の闇に歩み出した。

10

死が訪れる前に、正義をなすことだ。

正義とは何か？　プラトンによれば、正義とは個人あるいは共同体の中で調和が完成されている状態のことであるという。不調和は社会に混乱をもたらす。正義がなければ、社会に幸福も平和も訪れない。

本来ならば寿命が尽きて死ぬべき運命にある者が、カネに飽《あ》かせて他人の身体を買い取り、頭を挿げ替えて生き永らえるのは正義と言えるだろうか？　いや、それは正義ではない。それどころか、持てる者がカネを払い、命を永らえさせる行為はすべからく正義ではない。そう考える。

男は過去に臓器の移植手術を受けていた。人工的な臓器と交換したのである。人工的な臓器はメンテナンスを行えば半永久的に持続する。たとえば、人工心臓を埋め込んだ人間は心臓が停止して死ぬことはない。

自分は何が原因で死ぬのかと恐れていると、がんで余命宣告を受けた。もう、そう長くは生きられないという。現代の科学をもってしても、末期がんを克服《こくふく》することは難しいのだ。

やがて確実に死ぬという事実が男の死生観を変えた。

誰もが死を受け入れるべきだ。誰もが運命を受け入れるべきだ。

抵抗は無意味だ。どれだけ職業的に成功を収めようとも、充実した人生を送ろうとも、人はやがて死ぬのだから。何人《なんぴと》もその事実からは逃れられない。そして、死んだら何も残らない。功績もカネも、想い出さえも、跡形《あとかた》もなく消え去ってしまう。死の前では人はみな平等なのだ。

そう思うと、カネの力で延命しようとする輩《やから》を許せなくなった。自分の過去さえも。

自分は間もなく死ぬからいい。だが、正義をなさなければという思いが強くなっていた。五人の頭部移植者のうち二人をすでに殺《あや》めることに成功した。残るは三人だが、警察も馬鹿ではない。特に最先端科学の絡んだ犯罪に挑むＳＣＩＳが動き出しているはずである。殺された二人が頭部移植者であることをつかんでいるはずで、残りの三人は警察の監視下にあると考えて間違いない。

案の定、うち一人の荒木武彦の自宅前には警察車両が止まっていた。荒木の自宅はＪＲ武蔵小金井《むさしこがねい》駅から徒歩五分の距離にあった。周囲の家々と同じ外観の小さな建て売り住宅で、カネを持っているようには見えないが、金持ちでないわけがない。

荒木を見張って二日経つが、今日も隙《すき》はないように思えた。警察が引き上げるのを待つしかあるまい。透明人間になれたらいいのにと思う。

11

玉置が一枚の似顔絵を手にやってきた。西野孝則医師からの証言を得て、サイエンス・プロデューサーの唐木田優成の似顔絵を描かせたのだ。

長谷部がため息交じりに言う。

「日本人の顔の平均値を出すとだいたいこんな顔になるんだろうな」

玉置が付け加える。

「身長は一七五センチくらいだったそうです」

「また平均的だな。これは役に立ちそうもない」

長谷部がじろりと祐一のほうを見やった。

「ところで、コヒさん、どうして唐木田の似顔絵なんて描かせたんだ？」

「最上博士が言っていました。唐木田は過激な科学至上主義者ではないかと。前にカーンに会いに行ったときに、島崎課長を殺害した犯人のプロファイリングを聞きました。そのときにもすでに科学至上主義者という言葉が出てきていたんです」

長谷部は表情を険しくして、似顔絵にあらためて目を落とした。

「この男が島崎さんを殺したっていうのか？」

「わたしはその可能性はあると思います」

最上もうなずいている。

「うんうん、唐木田さんはちょっと危険な匂いがするよね。禁断の頭部移植を易々《やすやす》と企画するような人だからね」

「なるほど。島崎課長殺害事件の捜査本部に提出してみるとするか」

「そのように思います」

続いて、頭部移植者を監視下に置いている所轄警察署からの報告についてだ。

玉置が口を開いた。

「この一週間は特別な動きはないそうです」

長谷部がうなった。

「勘のいいやつだな。警察が関連性を見出して、動き出したころだと察したんだろうな」

祐一は優奈に尋ねた。

「AIプロファイリングのほうはどんな状況ですか?」

優奈はあまり元気のない声で答えた。

「それが……、ボディハッカー・ジャパン協会に提出してもらった全会員の個人情報には、入会時に作成してもらった簡単なアンケートなんかもついていて、そこそこ使える個人情報にはなっていたんです。それに加えて、ｆａｃｅｂｏｏｋやXなどのＳＮＳや警察が持っている前科前歴者リストとも照らし合わせてみたんですが、いまいち容疑者を絞り込むことができずにいます」

「最上博士のプロファイリングでは、犯人は科学万能主義とは正反対の保守的な思想の持ち主だということでしたが？」

「はい。保守的なタイプということで、ＡＩが絞り込んだ会員は全部で三七五人もいました。すべての会員がＳＮＳをやっているわけじゃありませんし、他にも漏れがあると思いますので、けっこうな数の会員が保守的でありながらもトランスヒューマニズムを信奉していることになります」

「意外ですね。科学とは進歩ですから、保守的な思想とは正反対のはずなのに」

最上は嘲笑《ちょうしょう》の笑みを浮かべる。

「人間ってけっこう矛盾に満ちた生き物なのよね。だから、科学万能主義者を殺そうなんて思う人はもっと強烈な何らかの動機を持っているはずなのよ。でも、それが何なのかはわからないなぁ」

祐一は落胆して肩を落とした。ＡＩが何でもかんでも解決してくれると思い込んだほうが間違っていたのだ。いまはまだそこまでＡＩに推理力はない。いまはまだ……。

「最上博士、犯人を捕まえるには被験者を監視する他に方法はないでしょうかね？」

最上はうなった。細い腕を胸の前で組み、虚空《こくう》をにらんでいる。

「ひょっとしたらだけど、被験者たちを監視下に置いているのはわたしたちだけじゃないかもしれないよね」

祐一はその言葉にはっとさせられた。

長谷部は何のことだかわかっていないらしい。

「おれたち以外にも被験者に興味を持っているやつがいるって？　誰だよ、それ……」

「唐木田です。自分の研究を邪魔されたと思っているに違いありません。唐木田が島崎さんを殺した犯人だとしたら透明マントを持っています。また、警察犬に登場してもらわないといけませんね」

前に透明マントを使用した犯人に対して、警察犬は嗅覚で力を発揮してくれたという功績がある。

だが、最上はどこか心配そうな顔をしていた。

12

課長室に呼び出され、祐一は中島加奈子課長と対峙して席に着いた。

中島課長はウェッジウッドのカップからアールグレイの紅茶を啜ると尋ねた。

「その後、捜査の進捗《しんちょく》はいかがですか？」

祐一はカップを手に取り、苦い紅茶を飲み下した。

「その後の調べで頭部移植手術はボディハッカー・ジャパン協会のもとで行われたことがわかりました。協会の会員はグループメールの会報で全員知らされていたそうで、被験者を殺害した容疑者は同協会のメンバーではないかと考えられます。ちなみに、会員数は一万二五七八人に上ります」

「そこから絞り込めないんですか？」

「容疑者は進歩的な治療に否定的な保守主義者と思われるため、ＡＩプロファイリングを行ってみた結果、三七五人にまで絞られましたが、まだまだ絞り込みが足りません」

中島課長は喉の奥でうなった。

「今後の捜査方針は？」

「残った被験者たちの監視を続け、犯人が現れるのを待つくらいしかないかと」

中島課長の眉間のしわが深くなる。

「もっと積極的な捜査は行えないのですか？」

「そうおっしゃられましても……」

「もっと精密なプロファイリングをして、絞り込みなさい」

「AIプロファイリングで絞り込んだ結果が、三七五人なのですが……」

「AIになんて頼らずに、人間の知恵を使うべきです」

反論は許さないと言わんばかりの口調である。

言うは易《やす》しだ。祐一は困惑を隠せなかった。


さっそく最上博士に頼み込んだ。

「さらにプロファイリングをしろって言われてもねぇ」

最上博士も困り果てていた。

「AIになんて頼らずに、人間の知恵を使えと言われました。犯人が保守主義者というだけではなく、さらに犯人像を絞り込めれば、ＡＩプロファイリングでも絞り込めると思うんです」

その言葉は博士のプライドをくすぐったようだった。表情に少しだけ真剣みが増した。

「じゃあ、ちょっと考えてみましょうか」

最上は席を立つと、会議室の中を小さな熊のようにぐるぐると歩き始めた。

「犯人は頭部移植者を敵対視しているってことだよね。それは何でだろうって思うのよ。その犯人には犯人なりの正義感があって頭部移植者をよくないと思い、世直しをしていると感じているように思うのよ」

「ええ、わかります。この人物は自分なりの過剰な正義感を持っているように思います」

「でね、正義感の裏には嫉妬心《しっとしん》が隠れていることがあるの。〝おれにはそれができないのに、あいつはできてずるい！〟っていう心理ね」

「嫉妬心ですか。なるほど、コロナ禍で自粛警察という言葉が流行《はや》りました。彼らは自粛をしていない他者に対して異常なほど厳しい態度を取っていました。それは、自分は自粛しているのに、していない者に対して嫉妬心があるからなのかもしれませんね」

「そうなの。だから、犯人も頭部移植を行った被験者たちに無意識では嫉妬を抱いている人物じゃないかって思うのね。たとえば、犯人が最先端の科学技術をもってしても治療が困難な死の病に苦しんでいるとしたら、そんなふうに思うんじゃないかな。自分はどうあがいても助からないのに、頭部を移植してまで生き延びようとするやつがいる。それは許せない！　ってね」

「なるほど。それはありうるかもしれません」

祐一はさっそくカール・カーンに連絡を入れ、ＺＯＯＭでつないでもらった。ノートパソコンにいつもの微苦笑を浮かべたカーンの顔が映る。

「お忙しいところ恐れ入ります。頭部移植治療の被験者を狙った殺人事件ですが、犯人は余命宣告を受けているのではないかと考えています。そのような人物が会員の中にいますか？」

「わかりました。調べさせましょう」

カーンは背後に控えている女性秘書に向かって命じた。デスクトップ型パソコンを操作すると、しばらくして秘書が声をかけた。カーンは画面を覗き込むと、カメラのほうへ顔を向けた。

「末期がんで余命宣告を受けている会員が十七名、白血病患者が八名、重度の心臓病患者が二十五名、重度の呼吸器疾患者が十三名いますね。全部で六十三人です」

「けっこういるんですね？」

とはいえ、ずいぶん絞り込めてきた。SCISのチームは人的パワーが不足しているとはいえ、時間をかけさえすれば、六十三人を調べ上げることはできるだろう。

「おや？」

カーンは何かを見つけたようで、小首をかしげた。

「どうしました？」

「小比類巻さん、一名、あなたがよくご存じの方がいらっしゃるようですよ」

カーンはにこりと微笑んだ。


祐一は最上と顔を見合わせた。二人ともしばらく黙ったままでいた。

あの男が犯人だということがあるだろうか。

男は、過去に一度、最先端科学技術による延命治療を受けていた。密《ひそ》かにトランスヒューマニズムを信奉していたのだ。だが、末期のがんに侵され、もはや最先端科学の力をもってしても、男の病を克服することはできなくなってしまった。

余命宣告を受けた男は思想を変節させたのだろうか？


自分は死にゆくというのに、最先端科学の力を借りて、頭を挿げ替えてまで生き永らえようとする者たちを、「許せない！」と怒り、嫉妬し、憎んだのだろうか。

「あいつではないことを祈る」

祐一の言葉に、最上はこくりとうなずいた。

13

七日目にして、ようやく監視の警察車両の姿が消えた。

男はタクシーでその一見瀟洒《しょうしゃ》な建て売り住宅の前を通り過ぎると、一ブロック先でタクシーを降り、徒歩で住宅まで引き返した。警察も日々発生する事件に手一杯で、人ひとりを期限なく監視下に置くことなどとてもできない。

男は小ぎれいなスーツを着ていた。だが、ベルトの後ろに鞘《さや》に入ったサバイバルナイフを隠している。

男はこの家の住人、荒木武彦の顔を知らなかった。殺す前に本人確認をする必要がある。玄関ドアの横に付けられたインターフォンを鳴らす。足音がして、玄関ドアがゆっくりと開く。

人を殺すのは意外なほど簡単だ。そのことに誰もがもっと注意を払うべきである。自分が殺し屋になってつくづくそう思う。

四十代後半の厳つい顔をした男だ。

「どちらさま?」

男はメルカリで購入した警察手帳のレプリカを提示して見せた。

「警察の者です。ちょっとお話を聞かせてもらってもいいですか? 荒木武彦さんのお宅ですよね? ご本人さまですか?」

「ええ、そうですけど?」

荒木武彦は玄関ドアを開けたまま、一歩外に踏み出した。

男は素早く背中に手を回し、サバイバルナイフを抜くと、荒木の胸部にナイフを突き立てた。

おや、という感覚がある。ナイフが何かに阻《はば》まれるように、肉に食い込んでいかない。

驚きの顔を見て、荒木が顔を歪《ゆが》めて笑う。ナイフを握る手首を両手でがっしりとつかまれた。荒木の力は想像以上に強く、男は身動きが取れなくなってしまった。手放したナイフが地面の上に転がる。

足払いを受けた。男は体勢を失い、その場に伏せた。両手を背中に回され、がっちりと固定されてしまう。手首に冷たい衝撃が走る。手錠をかまされたようだ。

そうか。この男は荒木ではない。警察の人間だと遅まきながら知った。

「殺人未遂の現行犯で逮捕する」

腕を引っ張り上げられ、男はなんとか立ち上がった。激痛に表情を歪め、頭を上げると、目の前に見知った男が立っていた。

思わず顔が引きつる。

小比類巻祐一だ。

「おまえだったのか……」

小比類巻が哀しみを宿した表情で言った。

「三枝益男《さえぐさますお》、どうしてこんなことを？」

三枝はがっくりと肩を落とした。あらためて聞かれると、自分でもどうしてこんな愚かなことをしたのかと思う。

「おまえも知ってのとおり、おれは肺がんで全肺を摘出し、代わりに人工肺を埋め込んでいる。もはや普通の人間ではない。おれはそこまでしてでも生き永らえたかった。だからこそわかる。頭部移植をしてでも生き永らえたいと願う人間の欲深い気持ちが。人間の業《ごう》の深さが」

業の深さ——。

「おれはがんが全身に転移し、もう助かる見込みはない。頭部移植でもしない限りはな。だが、そこまではやらない。そこまで正気を失ってはいない。そこまで業が深くはない。だからか、おれは頭部移植を受けたやつを許せないと思ったんだ。そして、そいつらを裁けるのは同様に普通の人間ではないおれしかいないとも」

「同様に普通の人間ではない？」

「だってそうだろう。肺を人工肺に置き換えた人間はもはや普通の人間ではない。同様に頭部を移植した人間も普通の人間ではない。普通の人間ではない者を裁くのは同様に普通の人間ではない者が行うべきだ」

祐一は哀しみのこもった眼差しを向けた。

「おまえはもう十分に正気を失ってしまったようだな。残念だよ、三枝」

「もうわたしたちが知っている〝まっすー〟ではなくなってしまったんだね」

警察車両に乗り込む三枝を見送りながら、最上博士が淋しさのこもった口調で言った。

彼女は両手にリードを握り、二匹の警察犬を連れていた。ジャーマン・シェパード・ドッグのハヤオとドーベルマンのハルキだ。唐木田優成が現れる場合を想定したのだ。島崎課長を殺害した犯人ならば、唐木田は透明マントを着用している可能性が高い。その場合、肉眼や赤外線カメラなどで姿を見ることはできない。嗅覚の優れた犬だけが相手の存在を感知することができる。

祐一は哀しみを感じていた。同じ大学で学び、同じ国の機関に属して国のために働いてきた者が、人生の最後にこうして凶悪な犯罪者に堕《お》ちてしまったことを心から残念に思った。

ふと、警察犬の異変に気付いた。ハヤオとハルキの二匹が耳をぴんと立てたかと思うと、同じ方向に向かって吠え始めた。それは猛然とした吠え方だった。

「あ！」

最上が祐一に向かって叫ぶ。

「いるんだ。あいつがいるんだ！」

最上がつかんでいたリードを手放すと、二匹の警察犬は道路を一目散に駆け出した。

祐一と長谷部は二匹のあとを追った。最上もあとから駆けてくる。島崎課長を殺した唐木田をつかまえられるかと思うと、心臓の鼓動が高まった。

長谷部が叫ぶ。

「唐木田、隠れても無駄だ！　姿を現せ！」

二匹がぴたりと足を止めた。その場で吠え続けている。そこに唐木田がいるのか。

最上が命じる。

「ハヤオにハルキ、噛みついてよし！」

だが、命令に反して、二匹の犬はその場で足踏みをするようにして、吠え続けるばかりだった。

「どうしたの？　二匹とも？」

祐一と長谷部は警察犬のいるところまで追いついた。長谷部は警棒を伸長させ、構えている。

「どうした？」

最上は困惑顔だ。

「わからない。逃げられたのかもしれない」

「どうやって？」

「匂いだ……」

最上が鼻をひくつかせる。祐一もあらためて鼻から息を吸ってみる。揮発性の化学物質のような匂いがあたりに漂っていた。

「犬が苦手な匂いってあるんだよ。化学物質の匂いなんかはダメ。唐木田はそれを撒《ま》いたんだ」

「くそぅ。知能犯っていうのはこれだから嫌いなんだ」

長谷部は悔しそうに歯噛みした。

14

「今回は大変な事件だったようですね」

ヨーロピアンテイストの部屋で、中島課長は眉間に憂いをにじませながら言った。

「犯人はあなたの旧友であったと聞きました。同じ国家公務員の身にとっても、残念な事件だったと言わざるを得ません」

祐一は深いため息をついた。

「確かにそうですね。人生の最後に道を誤るというのはしみじみもったいないことだと思います。あれほど優秀な男がどうして、という思いもあります。同時に、どんな人間であれ、自分の命が危機に瀕《ひん》したときには、冷静ではいられなくなり、判断を誤る可能性も秘めているのかもしれないとも」

中島課長は片方の眉を持ち上げた。

「そういうときにこそ、人間の本性が出るのではないですか？　だからこそ、人間性というものが大事になってくるのです」

「おっしゃるとおりかもしれません」

そう応じながら、祐一は自分の死期について考えをめぐらせてみた。

誰も自分の死をイメージすることはできない。誰も体験したことがないからだ。だから、人は死ぬことを前提として生きることはできず、あたかも永遠に生きるかのように錯覚しながら生きていくことになる。

それでも努めて死期について考えてみる。

自分もまた錯乱するだろうか？　そして、倫理を踏み外すことがあるだろうか？　わからない。どう考えをめぐらせても、自分の死期について想像してみることができなかった。

妻の亜美はどうだったかと思う。余命を宣告され、自分の死をみつめるとき、どんな思いがしただろうかと。

傍《はた》から見れば、亜美はけっして取り乱したりはしなかった。ただ、わが子の成長をこの目で見守ってやることができないことを悔いていただけだ。

それとも、なんとしてでも生きたいと心の底では思っただろうか。

たとえ、冷凍保存をされてまでしても——。

その選択肢を提示されれば、妻は望みを託しただろうか。だとしたら、自分は正しい選択をしたことになる。そう思い、自分を慰撫《いぶ》することができる。

祐一はそんなことを考えていた。

第二章　二度目に殺す毒

1

私立七星《しちせい》高校のサーフィン部は合宿のため昨日から江《え》の島《しま》近くの旅館に宿泊していた。顧問である体育教諭の杉原拓海《すぎはらたくみ》先生と養護教諭の小畑深雪《おばたみゆき》先生のもと、一年生から七名、二年生から五名、三年生から三名の計十五名が参加した。

二年生の塚田将太《つかだしょうた》は、今回の合宿に参加できたことを心の底から喜んでいた。旅館はおんぼろで窓から海は見えなかったが、新鮮な魚介を使った昨夜の夕食はいままで食べたことがないほどおいしかった。この二泊三日の間は、勉強もせずに好きなサーフィン三昧《ざんまい》でいいのだから、こんな日々が永遠に続いてくれたらと願わずにはいられない。

おまけに憧れの望月唯奈《もちづきゆいな》が一緒なのだから、こんなにうれしいことはなかった。

朝の七時半少し前、旅館一階にある食堂に降りると、すでに大半の生徒たちがそれぞれ四人掛けのテーブルに着いていた。

運のいいことに唯奈の隣の席がちょうど空いていた。将太はそこへ腰を下ろすと、テーブルに着いた面々に「おはよう」とあいさつした。一同はちょうどクラゲの話で盛り上がっているところだった。

「クラゲ、イヤだよね」

「わたしも刺された。あれ痛いよねー」

「おれも刺された」

将太は短パンの下から出た脛《すね》をさすった。昨日、波間に浮かんで波待ちをしているときに、鋭い痛みに襲われた。サーフィンをしていれば、誰でも一度や二度はクラゲに刺されることはあるが、いくら刺されても慣れない痛みだった。

朝食の時間になり、配膳係のおばさんが朝食の載ったトレイを各テーブルに置いて回った。朝食はアジの開きにシジミの味噌汁、ご飯、だし巻き卵、豆腐とほうれん草の和《あ》え物、ノリ、納豆といった献立だった。

隣で唯奈が納豆をかき混ぜるのを見て、将太もまた納豆の器を手に取り、箸でかき混ぜ始めた。ご飯の上にかけて一口頰張ると、たぶん普通の納豆なのだが、格別の味がした。

「一番最初に何を食べるかで性格がわかるらしいよ」

将太の前の席に座った小松梨香《こまつりか》が箸を手にした一同を見回しながら言った。

味噌汁に手を着けようとした青木健斗《あおきけんと》が手を止めて尋ねる。

「へえ、ちょっとそれ詳しく」

「いや、それが恋愛のタイプとかお金の使い方とかわかるらしいんだけど、詳しいことは忘れちゃったんだよね」

唯奈が呆《あき》れた声を出した。

「はあ？　そういうのはちゃんと覚えておいてから発言するべきなんじゃないの？」

「まあ、そうだけど……」

梨香が言葉を切った。驚きの表情を唯奈に向けている。健斗が釣られて唯奈のほうを向いた。

「おい、唯奈、目蓋《まぶた》がすごい腫《は》れ上がってるぞ！」

梨香が小さな悲鳴を上げた。だがそれは唯奈にではなく将太に向けられたものだった。将太は息苦しさを感じてあえいだ。梨香がかしいで見えたのは、おそらく自分の身体がぐらりと揺れたからだ。隣で唯奈が椅子から崩れ落ちる気配を感じた。助けを求めて声を上げたかったができなかった。

塚田将太は間もなく呼吸困難に陥り、教員の杉原と小畑が気づいて救急車を呼ぶ前に、絶命した。唯奈も同じく息絶えていた。

小松梨香は恐怖のあまり泣くこともできなかった。記憶の扉が開いて、さらなる恐怖が梨香を襲った。

「五人目だ。これで五人目……」

杉原教諭が耳ざとく聞きつけ、怖い顔を梨香に向けた。

「何がだ?」

「うちの学校で人が死ぬのはこれで五人目——」

2

またSCIS事案か。

課長に呼び出される理由はたいがいその事案だと決まっている。いまという時代のせいか、最近、科学的知見に絡んだ事件がよく起こると実感する。そして、科学的知見に絡んだ事件が起きれば、科学犯罪捜査班、すなわち小比類巻祐一率いるSCISが駆り出されることになるのだ。

「どうぞお掛けください」

課長室に入ると、中島課長はアンティークな応接用のソファに座っていた。いつものように高級そうな白い陶磁器のティーポットから白いカップに紅茶を注ぐ。アールグレイのかぐわしい芳香が立ち昇った。

祐一は座り心地の悪い椅子に腰を下ろした。お尻が想像以上に深く沈み込んだ。

「またSCIS関連かもしれない事案が発生しました。六月二十七日、千葉県千葉市にある七星高校の生徒二名がアナフィラキシーショックによる心肺停止で死亡しました」

祐一は眉をひそめた。

「アナフィラキシーショック？　アレルギーで起こる症状の中でも特に重篤《じゅうとく》なもののことですよね。呼吸器の症状、粘膜の症状、消化器の症状、循環器の症状などが現れ、時には死に至ることもあるという。毎年、ハチに刺されて死亡する人がいますが、ハチの毒で死亡するわけではなく、アナフィラキシーという過敏反応によるショックで亡くなるケースがほとんどだといいます」

「さすがよくご存じですね。亡くなった生徒二名は納豆を食べたことによって、アナフィラキシーショックを発症したようです」

祐一は困惑した。

「納豆ですか……。大変不幸なことだとは思いますが、科学《う》犯罪捜査班《ち》と関係があるのですか？」

中島課長はわずかに首をかしげた。

「その二例だけを取ってみれば、関係はないように思えるのですが、実は七星高校では、この二年の間に、アナフィラキシーショックにより死亡した生徒が今回の二人を含めて五人もいるようなのです」

「二年間で五人⁉ それは多い……」

厚生労働省の統計では毎年五十人から七十人のアナフィラキシーショックによる死亡例が報告されているが、同じ学校の生徒が二年間に五人も死亡するケースはかなりめずらしいのではないだろうか。いや、異常なほどの発生率である。

「なるほど、確かにそれは奇妙に思えます」

「ええ、わたしもそのように思います。だから、SCIS事案ではないかと考えたのです。これが死亡した生徒についての資料です」

中島課長はファイルを手渡してきた。開いてみると、二枚の死亡診断書が挟まれていた。死亡した生徒の名前は、塚田将太、十七歳と望月唯奈、十七歳ということだ。

「それでは、さっそくSCISを立ち上げて捜査を開始してください。以上です」

祐一は立ち上がると一礼して部屋をあとにした。

3

オフィスの自席に戻ると、祐一は最上友紀子博士に連絡を入れた。自席の椅子はクッションが硬く、お尻が沈み込むなんてことはないが、人間工学に基づいているとかで、座り心地は抜群だった。人間の日常生活の質を上げてくれるのは芸術より科学のほうだろう。一方の芸術は心の質を上げてくれるものだ。

「祐一君、おっつー！」

スマホの受話口から中学生のようなノリのよい元気な声が返ってきた。

祐一は思わず首をすくめ、周囲を見回した。声が漏れてはいないかと心配になったのだ。

「最上博士、お疲れ様です。博士はいま八丈島のほうですか？」

最上博士の自宅は東京都心から二八七キロ離れた八丈島にある。そこで最上が愛する爬虫類《はちゅうるい》や両生類たちと暮らしているのだ。

「ううん、違うよ。わたしってば、都心に建つリッチでラグジュアリーなホテルが提供するアフタヌーンティーを制覇するというチャレンジをしているじゃない？　知らないの？　だから、今日はマンダリンオレンジ・ホテルのアフタヌーンティーをいただいているところなの。もう、次から次へのスイーツ攻撃にさすがのユッキーのアドレナリンとインシュリンも爆上がり中ってところよ」

祐一はほっと安堵《あんど》の息をついた。最上博士が八丈島にいる場合、東京の捜査本部に来るまでにそれ相応の時間を要する。

博士は飛行機に乗らない。飛行機が飛ぶ原理がまだ科学的に解明されていないと主張しているからだ。そこで、フェリーを使って都心へ来るため、大変な時間がかかる。

「マンダリンオレンジ・ホテルのラウンジですね？　重要な事案です。いまからうかがいますので、そこでお待ちくださいますか」

祐一は庁舎を出て目の前でタクシーをつかまえると、十五分で日本橋《にほんばし》にあるマンダリンオレンジ・ホテルに到着し、エレベーターで最上階にあるラウンジにたどり着いた。

昼下がりのラウンジは身なりのよい女性客で埋まっていた。男性客は一人もいない。この国の経済は女性によって回っているのではないかと思われるほどだ。

店内をぐるりと見回すと、窓際の席で豪華な色とりどりのスイーツが山盛りになった三段のケーキスタンドを前にして、中学生くらいの女の子がきれいなカップに淹《い》れられたお茶を啜《すす》っていた。ピンクのミニTシャツに、白のホットパンツを穿《は》き、白い生足の下に白の運動靴を履いている。周囲から明らかに浮いた存在のその女性は、最上友紀子博士である。

最上博士は帝都大学理工学部を首席で卒業後、ハーバード大学大学院に進学、ポスドク、准教授、教授と奇跡的な速さで出世し、やっぱり故郷の大学に貢献したいと再び帝都大学に舞い戻り、二十八歳という大学開校以来最年少で教授となった天才科学者である。

これまでいくつもの難解なＳＣＩＳ事案を解決に導いてきたのは、彼女の頭脳によるところが非常に大きい。

「あ、祐一君、早いじゃないの」

「博士、失礼します」

祐一は最上の対面の席に腰を下ろした。右肩から数センチのところに大きな嵌《は》め殺しの窓があり、景観は最高によいのだが、自分が地上二百メートル近いところにいることを嫌でも思い出させてくれる。

足がすくんだ。若いころは平気だったのに、歳を重ねたいまでは高いところがすっかり苦手になっていた。

「祐一君もアフタヌーンティー、チャレンジしよう！」

「いえ、わたしはコーヒーで結構ですので」

店員にコーヒーを頼むと、最上博士に顔を戻した。

「実はSCIS絡みかもしれない事案が発生しました」

祐一は中島課長から聞いた話をそのまま伝えた。高校生二人が納豆を食べてアナフィラキシーショックを起こして死亡した話だ。

最上はマカロンを頬張りながら聞いていたが、やはり七星高校の生徒が二年の間に五人も死亡したと聞いて、目を見開いて驚いていた。

「それは確率的にありえない頻度かもね。確かに食物アレルギーによるアナフィラキシーにより死に至るケースっていうのはあるのよ。たとえば、このマカロンを食べて死んじゃうケースだってあるんだから」

「マカロンを食べて……ですか？」

最上はピンク色のマカロンをつまむと、そのまま口の中に放り込んだ。

「わたしは死ななかったけれど……。もぐもぐ。マカロンの添加物であるコチニール色素は、南米産のサボテンに寄生する昆虫、コチニールカイガラムシから抽出される赤色の色素なのね。もぐもぐ。食品や医薬品、それから化粧品なんかにも着色料として使用されているの。リップスティックなどに含まれていたコチニール色素がアレルゲンとして作用して、さらにまた別の機会にコチニール色素と接したときにアナフィラキシーショックを引き起こしてしまうっていうことはあるんだよね。もぐもぐ」

「そうなんですか？」

マカロンを頬張りながらの最上の説明にはわからない箇所もあったが、いまは話の続きを聞いたほうがよさそうだと判断した。

最上は話を続けた。

「アナフィラキシーショックによる死亡確率は患者一〇万人当たり、一・三五から二・七一人、〇歳から十九歳では、三・二五人だもん。それが同じ学校で二年の間に五人もなんて……ないない。事件の臭いがぷんぷんする」

「やっぱりそうですか。それでは、さっそく長谷部さんにも連絡を入れて、七星高校を訪ねましょう」

祐一が立ち上がろうとしたところに、最上の手がさっと動き、祐一の手に何かを握り込ませた。見るとそれはレシートだった。

「もうＳＣＩＳは立ち上がったよね。だったら、会合にかかった費用は経費で落とせるはずだよね？」

アフタヌーンティーの金額を見ると、驚くべき値段が記されていた。なぜか二人分になっている。はっとする。祐一が来たとき、テーブルの上には新しいケーキスタンドが用意されていたのだ。最上は二人分のアフタヌーンティーを頼んでいたのだ……。仕事の打ち合わせで高級ホテルのラウンジでアフタヌーンティーをしたなどと、あの中島課長に言い訳が通るだろうかと嫌な汗を掻いた。

4

千葉県千葉市にある私立七星高校は、緑豊かな大きな公園に隣接していた。広大なキャンパスの中に近代的な建物群が建っている。校舎の受付で来意を告げ、校長室へ案内してもらった。渡部《わたべ》康孝《やすたか》校長は五十代後半で、教育熱心さが表れたような熱気を持った人物だった。

校長室に設けられた応接テーブルを挟み、渡部校長と祐一、最上、そして、長谷部勉警部は向かい合って座っていた。警察庁と警視庁から来た役人だと知ると、渡部校長は強張った表情になり、事故死についての話を聞きたいと申し出ると、今度はかすかに身体を震わせた。

校長は興奮と憤慨の入り混じった口調になって言った。

「そ、それでは、本校で生徒が死亡した事案には事件性があると、そうおっしゃるんですか？」

祐一はどう答えたらよいものかと迷いながら言った。

「いえ、まだそうと決まったわけではありません。アナフィラキシーショックで死亡する確率はそう高くなく、二年間のうちに五件もの死亡例がこちらで起こっていることは異常であるとは言えますので、ちょっと調べさせていただきたいなと——」

「うん、絶対に事件性があるに決まってる。確率的にありえないもん。絶対殺人事件だよね」

「さ、殺人事件……！」

「最上博士」

祐一はたしなめたが、最上は聞いていなかった。

「ねえねえ、死亡した塚田将太君と望月唯奈さんは、納豆を食べてアナフィラキシーショックを起こしたということだけれど？」

渡部校長はもはや白くなった顔でうなずいた。

「ええ、そのとおりです。合宿の朝食で提供された納豆を食べてアナフィラキシーショックを起こしたと聞いております」

「お二人はその合宿では海に入ったりしなかった？」

渡部校長は手元に置いていた生徒の資料に視線を落とした。

「ええ、二人が所属していたのはサーフィン部でして、江の島のほうに合宿に行っており、死亡する前日には海に入ったそうです」

「やっぱりね」

最上は謎を解明したというように小さくガッツポーズをつくっていた。それでいてこちらに説明しようともしない。

苛立《いらだ》ちを隠しつつ、祐一はやんわりとした口調で尋ねた。

「最上博士、何が〝やっぱりね〟なのか、詳しくお聞かせ願えませんでしょうか？」

最上はその言葉を待っていたようににこりと微笑んだ。

「うむ。アレルギーの原因となる物質をアレルゲンと呼ぶのだけれど、わたしたちの身のまわりには、食物や花粉、ダニなど、たくさんのアレルゲンが存在しているのね。このアレルゲンが身体の中に入ると、異物と見なして排除しようとする免疫機能が働くわけ。具体的には抗体がつくられるの。この状態を〝感作《かんさ》〟っていうのね。ここまではわかるよね?」

最上は長谷部に言っているのだ。長谷部は背筋を伸ばして、小刻みに何度もうなずいた。長谷部に理系的な知識は皆無である。おそらくわかっていないはずだ。

「〝監査〟ね、はいはい。たまにあるな」

最上は無視して続けた。

「いったん、この感作が成立したあと、再度アレルゲンが体内に入ると、アレルゲンと抗体がくっついて、細胞からヒスタミンなどの化学伝達物質が放出され、アレルギー症状を引き起こすってわけなのね。たとえば、モルモットにアレルゲンを注射して、一、二週間後に再び同じアレルゲンを注射すると、アレルギー症状を引き起こす、時にはアナフィラキシーショックを起こしたりもするわけ」

祐一はじっと話を聞いていた。

「つまり、アナフィラキシーショックを呈するには、時間を空けて二度抗体に接する必要があるということですね。しかし、だとすると、死亡した生徒はアレルゲンになった納豆を食べる前にどんなアレルゲンに接したんでしょうね？」

長谷部が腕組みをしてうなった。

「久しぶりに納豆を食べたとか？」

最上が首を振った。

「死亡した塚田将太君と望月唯奈さんはサーフィン部だったんでしょう。サーファーはしょっちゅうクラゲに刺される機会があるからね。クラゲは触手に標的が触れると、触覚細胞内にポリガンマグルタミン酸、ＰＧＡという物質を産生して、その浸透圧の作用により毒針を標的に差し込むのね。それで感作が成立するわけ。それでなぜ納豆を食べるとアレルギー症状を引き起こすのかというと、納豆の発酵過程でもＰＧＡが産生されるためなのよ。以前から、サーファーなど、マリンスポーツを好む住民が多い地域では納豆でアナフィラキシーショックを起こす患者が多いことが指摘されていたんだ」

祐一は最上のほうをうかがった。

「では、死亡した塚田君と望月さんは運が悪かった、ということではないですか。本事案には事件性はないと……？」

最上は祐一の問いかけを無視して、渡部校長に微笑みかけながら尋ねた。

「ねえ、今回アナフィラキシーショックを起こしたのは、塚田君と望月さんだけ？」

問われて、渡部校長は手元の資料をめくった。

「いえ、他に三人の生徒もアナフィラキシーショックを発症して救急車に搬送されました。三人はその後、助かりましたが」

「そうなんだ。犯行の精度も百発百中じゃないってことね」

「犯行の精度？」

「ううん、こっちの話」

最上はとぼけると、再び渡部校長に顔を向けた。

「ねえ、この学校では過去にも他に三人の生徒がアナフィラキシーショックで亡くなっているよね。その生徒さんたちのことも詳しく教えてくれない」

渡部校長は資料をきちんと用意してきていた。資料に視線を落としながら読み上げていく。

「ええと……、二年前の十月に、高校二年生の斎藤《さいとう》弥生《やよい》さんがご自宅でアボカドを食べたことでアナフィラキシーショックを起こして死亡し、一年前の九月には高校一年生の猪瀬《いのせ》瑞恵《みずえ》さんと渋谷《しぶたに》和徳《かずのり》君が食堂で豚肉を食べたことで同じくアナフィラキシーショックを起こして死亡しました」

「ふむふむ」

最上は痩せた胸の前で細い腕を組んだ。ちっとも偉そうに見えないのだった。

「食物によるアナフィラキシーショックっていうのはね、クラゲに刺されてから納豆を食べて発症するように、食物以外のさまざまなアレルゲンへの感作でも発症するのね。たとえば、アボカドを食べて死亡したという斎藤弥生さんは、科学クラブに所属していて、カエルの解剖なんかしたことがあったんじゃないかな？」

渡部校長は驚きに目を見張った。

「お、おっしゃるとおりです。斎藤弥生さんは科学クラブに所属していました。小動物の解剖などの経験はあるはずです」

「解剖するときにはラテックスの手袋をはめるでしょう。天然ゴムに含まれるラテックスにアレルギーを有する患者が、バナナやアボカドなどを食べることでアレルギーを発症することがあるの。ラテックス-フルーツ症候群って呼ばれているんだけどね。それから、豚肉を食べて死亡した猪瀬瑞恵さんと渋谷和徳君の場合なら、ポーク-キャット症候群かな。ネコの毛や体液などに含まれる血清《けっせい》アルブミンに感作して、豚肉や牛肉を食べることでアナフィラキシーショックを起こすの」

渡部校長は冷や汗を垂らしながらうなずいた。

「猪瀬瑞恵さんと渋谷和徳君の家族にネコを飼っていなかったか確認を取ってみます」

「お願いね。校長先生、それぞれの時期にもやっぱりアナフィラキシーショックを発症した生徒は他にもいたんでしょう？　助かったというだけで」

「ええ、おっしゃるとおり、数名のアナフィラキシーショックの患者が出まして、亡くなったのがお伝えした生徒たちというわけです」

祐一は考えをまとめて口を開いた。

「なるほど。死亡した五人は、アナフィラキシーショックを起こす前段階に、何かしらのアレルゲンに対してアレルギー反応を起こす状態、いわゆる感作の状態にあったということですね？」

最上はうなずいた。

「そういうことね」

「つまり、この五人の事案に事件性があるとするならば、二段構えになっているわけですね。つまり、二度似たようなアレルゲンに生徒たちが接するように犯人は仕向けたと？」

「うん、わたしはそう思っているわけ。死亡している確率からいってね」

渡部校長はいまや打ちのめされたような表情をしていた。

祐一は気の毒に思いながらも尋ねた。

「校長、サーフィン部の顧問の先生はどなたでしょうか？」

「体育教諭の杉原拓海先生と養護教諭の小畑深雪先生です」

「お二人のうち、アナフィラキシーショックの事故が起き始めた二年前にこの学校に転勤になった先生はいますか？」

渡部校長の顔にはいまや恐怖が貼り付いていた。

「養護教諭の小畑先生がちょうど二年前に本校にいらっしゃいました」

「小畑先生はいまいらっしゃいますか？」

「ええ、保健室に……」

「お呼び出しいただけますか？」

「は、はい。ただちに」

校長はよろめくように立ち上がると、あわてた様子で廊下に出ていった。

渡部校長に連れられて応接室へやって来た小畑深雪教諭は、ほっそりとして背が高く、セミロングの黒髪に黒縁の眼鏡をかけた知的な印象を与える女だった。サーフィン部の顧問をしているだけあって、肌が小麦色に灼《や》けていた。

「失礼します」

明るい声で頭を下げると、小畑は渡部校長の隣に着席した。ぴんと背筋を伸ばし、まっすぐ前を向いた姿勢は、とても五件もの殺人の嫌疑をかけられている容疑者のものとは思えなかった。

確率的にはありえないかもしれないが、偶然に偶然が重なるということはありうる。この学校で起きた不幸な死亡事故もひょっとしたらそういうことなのかもしれない。

そんなふうに考えながら、祐一は慎重に話を切り出した。

「こちらの学校の生徒の塚田将太君と望月唯奈さんが亡くなった事案で警察庁と警視庁から参りました。さらに、二年前に亡くなった斎藤弥生さん、一年前に亡くなった猪瀬瑞恵さんと渋谷和徳君の事案でもお話を聞きたく思っています」

祐一は小畑の目をまっすぐ見つめたまま一息に言った。

小畑はというと瞬《まばた》きを一つしただけで、心の動揺を示すような表情やしぐさをまったく示さなかった。

「大変痛ましい事故だと思っております。塚田君と望月さんの事故は、わたしの監督不行き届きの面もあるかもしれません。しかし、まさか納豆を食べてアナフィラキシーショックを起こすとは思いもしなかったんです。他の三人、斎藤さん、猪瀬さん、渋谷さんの件では、わたしにどのような責任があるのでしょうか？」

「えー、納豆を食べてアナフィラキシーショックを起こすことがあるって、本当に知らなかったのかなぁ？」

最上が意地悪な聞き方をした。

「ええ、もちろんです。どういうことでしょうか？」

小畑は困惑した様子で、祐一や長谷部にも説明を求めるような視線を向けた。祐一の観察眼では、とぼけているのかどうか判断がつかなかった。

最上が小畑に尋ねた。

「合宿の朝の献立って誰が立てたの？」

「旅館の料理長だと思います」

「初めから納豆がついてた？」

「ええ」

「で、小畑先生は納豆を食べたの？」

「いいえ。わたしは納豆をもともと食べませんから」

最上はにやりとした。

「ふーん。やっぱり自分は避けているんだね」

「おっしゃっている意味がわからないのですが」

「小畑先生はたぶんアナフィラキシーショックが起こる機序《きじょ》については知っていると思うから省くけれど、六月二十七日に亡くなった塚田君と望月さんの場合は、二人ともクラゲに刺されていることを小畑先生は知っていたと思うのね」

「サーフィンをやっていれば、クラゲに刺されることはよくあります」

「うんうん、そうだよね。クラゲに刺されたことのある人は、ポリガンマグルタミン酸によって感作しているから、納豆によっても産生されるポリガンマグルタミン酸を口にすると、最悪の場合、アナフィラキシーショックを引き起こすことがあるんだよね。小畑先生はそれをわかっていながら、塚田君と望月さんが納豆を食べるところを止めずに見ていたんでしょう」

「そ、そんな……。アナフィラキシーショックを起こすことを知っていたら、食べさせるわけがないじゃないですか！」

小畑は憤激して祐一のほうを向いた。

「わたしがどうして警察の事情聴取を受けているんですか？　いったいどういうことなのか説明してください」

最上はこの事案は殺人事件だと疑っていない。そのことに力を得て、祐一は努めて厳しい口調で言った。

「わたしはあなたが亡くなった五人の生徒たちをアナフィラキシーショックに導いて殺害したのではないかと考えています」

「何ですって⁉」

小畑は愕然《がくぜん》としたように口をあんぐりとさせた。祐一、最上、長谷部の顔を順繰りに見て、冗談を言っているのではないと知ると、血の気が失《う》せたように顔を白くさせた。

それから助けを求めるように校長のほうに顔を向けた。校長はいったいどちらを信じたらいいのかと困惑しているようだった。

最上は追及の手を弛《ゆる》めなかった。

「二年前に亡くなった斎藤さん、一年前に亡くなった猪瀬さんと渋谷君とはどの程度親しかったの？」

小畑が言葉に詰まったので、祐一は言い訳しないよう釘を刺した。

「正直に話してください。ちゃんと裏取りはしますから、嘘をついてもわかります。あなたの心証が悪くなるだけです」

小畑は額に手をやり、過去の記憶を手繰《たぐ》ろうとしているようだった。

「ええ、斎藤弥生さんはよく保健室に来てくれたので交流はありました。猪瀬瑞恵さん、渋谷和徳君の二人も保健室に何度か来てくれたことはあります」

最上はふむふむとうなずいた。

「保健室は息抜きで来る人も少なくないものね。そのときの雑談の中で、斎藤弥生さんが理科クラブでラテックスの手袋をはめて解剖をすることや、猪瀬瑞恵さんと渋谷和徳君が猫を飼っていて抗体を持っていることを知ったんだね。それで、アナフィラキシーショックを起こさせるために――」

「そんなのは言いがかりです！　アナフィラキシーショックを起こした生徒を救うため

に、わたしがどれだけ献身的に彼らを助けようとしたのか、あなたはご存じないんです」

小畑は両手で顔を覆って泣き始めた。泣きながらも強い口調で抗議した。

「証拠があるんですか？　わたしが殺意を持って亡くなった生徒たちにアナフィラキシーショックを起こさせたという証拠があるんですか？」

祐一は最上の顔をうかがった。死因はあくまでもアナフィラキシーショックなのである。しかし、小畑が殺意を持って生徒たちに二度目の感作をさせたことを証明する手立てはない。

最上はめずらしく苦虫を噛みつぶしたような顔をしていた。何も言わず椅子から立ち上がると、何も言わず校長室を出ていってしまった。

5

祐一と長谷部は最上博士のあとを追った。高校の敷地を出ると、公園の木々の間を抜けた風が鼻先をかすめ、清々《すがすが》しい匂いがした。

長谷部が口を開いた。

「いやぁ、あの女は恐ろしい。間違いなく殺意を持って殺してるとおれも思うな。それにしても、生徒たちを殺した動機は何なんだろう。快楽殺人か？」

「あの人さ、代理ミュンヒハウゼン症候群だよ」

最上がそう応じると、長谷部は聞いたことがないのか眉根を寄せた。

「代理みゅんひ……？　何だ、それ？」

祐一は知っていたので説明することにした。

「代理ミュンヒハウゼン症候群。自分の子供などに意図して病気をつくり、かいがいしく看病することで自分の精神の安定を図る、もしくは、周囲の関心を引こうとする、精神的な病のことです。なるほど、小畑深雪はアナフィラキシーショックを意図的に起こした生徒たちを介護することで精神的な安心感を抱いている可能性はありますね」

最上はうなずいた。

「さらには、ハッセーの言うように、人の命をもてあそぶ快楽に酔いしれているのかも。どっちにしても、野放しにはしておけない要注意人物だと思う」

「もっともです。長谷部さん、小畑深雪の身辺を洗っていただけますか？」

「理系の知識以外のことなら任せとけ」

長谷部は胸を張った。理系の知識がなくとも刑事としては優秀な男なので祐一は信頼していた。

それから間もなくして、渡部校長から連絡があり、猪瀬瑞恵と渋谷和徳の家族がネコを飼っていたことを知らされた。最上博士が推理したように、二人の生徒はポークキャット症候群により死亡したようだ。

また、玉置孝巡査部長らが、学年主任の古川《ふるかわ》みどり教諭から、小畑深雪についての評判を聞いた。

「小畑先生ですか？　生徒の相談に親身になって応じてくれると評判の先生ですよ。生徒たちからの信頼も厚いです。人気はあるようですね。ただ、少しばかり生徒のプライベートな事柄に首を突っ込み過ぎじゃないかって思うことはあります。生徒の家族構成や家庭環境、生活リズムや食事などについていろいろ根掘り葉掘り、必要ではないと思えることまで聞いているみたいなんです。ちょっとそれは異常だと思いますね。いまの時代にマッチしてないというか……」

小畑深雪はアナフィラキシーショックで亡くなった生徒たちのプライバシーについて

かなりの情報を得ていたと見ていい。特定のアレルゲンに感作した者に対し、二度目のアレルゲンへ接触させる機会をうかがっていたとしてもおかしくはない。

警視庁の空き会議室に設けられたSCIS捜査本部にて、祐一と最上と長谷部の三人は玉置と顔を合わせ、これまで仕入れた情報を共有することにした。

「あの小畑って教諭、やっぱり普通じゃないっす」

玉置が上着の内ポケットから手帳を取り出すと頁《ページ》を繰って読み上げた。

「小畑深雪は、現在三十六歳。いまから五年前、父親が六十三歳のときに、プールでこむら返りを起こして溺死《できし》。母親がいまから三年前、六十一歳のときに、心室細動《しんしつさいどう》で亡くなっています。小畑深雪には弟と妹がいて、弟もいまから一年前に三十三歳の若さで海で溺死してますね。現在、妹の麻実《まみ》、三十二歳と千葉県柏《かしわ》市にあるマンションで二人暮らしをしているそうです」

祐一は臓腑《ぞうふ》が冷たくなるような恐怖を感じた。

「アナフィラキシーショックではないとはいえ、小畑深雪のまわりには死人が溢《あふ》れているように感じますね」

長谷部がまったくだというようにうなずいてから、不思議そうに小首をかしげた。

「それでも、溺死二件に、心室細動……これ心臓の病気だろ？　深雪が手を下したという証拠が何一つないんだ」

祐一は最上に尋ねた。

「すみませんが、心室細動とはどのような病気ですか？」

「あー、心臓の心室っていう箇所が小刻みに震えて全身に血液を送ることができなくなって起こる不整脈《ふせいみやく》の状態のこと。心室細動を起こした人は、数秒のうちに意識を失い、迅速に治療しなければ死に至るんだ」

「原因は？」

「心疾患《しんしっかん》の場合が多いけど、遺伝的な要因が背景にあるケースもあるわね」

祐一は困惑してしまった。他人の心臓に心室細動を意図的に起こすことは不可能なのではないか？

ふと思いついて、祐一は玉置に尋ねた。

「家族には保険金は掛けられていたんですか？」

「父親、母親、弟それぞれに三千万円の保険金が掛けられていて、長女である深雪が受取人になっていました。だから、これまでに九千万円入ったことになりますね。ちなみに、深雪と麻実は互いを受取人としてそれぞれ三千万円の保険に加入しています」

　最上が尋ねた。

「亡くなった弟さんは何が原因で溺死したのかな？　こむら返り？」

　玉置は肩をすくめた。

「いや、弟のほうは溺死としかわかっていないらしいですね」

「唯一生きている妹さんだけど、既往歴とかないのかな？」

「それがあるんです。心不全みたいですね。体調も悪いらしく、現在は仕事を辞めて引きこもっているらしいです。母親も心臓の病気で亡くなってるし、ひょっとしたらそういう家系なのかもしれませんよ」

「いや、何か裏があるはずです」

　祐一の中の疑念はいまや確信に変わっていた。

「一人の人間のまわりでこれほど多くの人間が死ぬことは異常です。何か裏があるはずなんです」

　祐一はわずかな期待を込めて最上博士のほうを見た。何かひらめいたことでもないかと思ったのだ。

最上は数瞬の間、虚空をにらんでいた。それから言った。

「小畑深雪さんの自宅を訪ねて、妹の麻実さんに会ってみよう」

意外な提案に祐一は戸惑った。深雪の妹を聴取して何が得られるのか予想がつかなかった。

6

祐一、最上、長谷部の三人は小畑深雪の自宅へ向かった。

「小畑深雪さんからはもう有益な情報は得られないと思う。だから、妹さんから話を聞くの。あと、自宅がどんなところか見てみたいかな。事前にアポイントを取ってはダメだよ。抜き打ちで訪問しないと意味がないからね」

祐一には最上の意図がわからなかった。抜き打ちをすることに何の意味があるというのだろう。

深雪の自宅は千葉県柏市の駅近くに建つ立派なタワー型のマンションだった。建物の一階と二階に飲食店やコンビニが入っている。

長谷部が腰をそらしてマンションを見上げた。

「すげぇマンションだな、こりゃ。保険金の九千万円で購入したに違いないぞ」

「たぶんね」

最上も腰をそらしてマンションを見上げていた。

三人はコンシェルジュに来意を告げ、エレベーターで十五階に上がった。一五〇三号室が小畑深雪と麻実の部屋だった。

インターフォンを押すと、女性の声の応答があった。

「どちらさまでしょうか？」

「警察の者です。ちょっとおうかがいしたいことがありまして」

しばらくして玄関の扉が開くと、大柄な女性が姿を現した。ほっそりとした深雪とは対照的に、麻実は体重が深雪の二倍はありそうなほど太っていた。着古した黄色いTシャツに下は黒のスウェットパンツという格好だった。

祐一が挨拶をしようとあらためて口を開きかけたとき、最上が祐一の前に出るや、靴脱ぎに足を踏み入れ、靴を脱ぎ始めた。

「立ち話もなんだから家の中に入れてもらうね」

「え、あ、はい……」

麻実は困惑していたが、最上に押し切られてしまった。祐一は長谷部と顔を見合わせてから、最上に従うように靴を脱いで廊下に上がった。

広々としたリビングは、南向きの大きな窓から陽が入り、明るく輝いて見えた。おしゃれな家具や調度類が置かれ、物は少なくすっきりと片付いている。モデルハウスをそのまま使っているような感じだ。

「あの、いま飲み物をご用意しますね」

「あ、けっこうです。すぐに終わりますから。ていうか、逆に困ります」

麻実の厚意を最上がぴしゃりと撥《は》ねのけた。そして、小声でこんなことを言うのだ。

「怪しいのは深雪さんとはいえ、知らぬ間にアレルゲンでも入れられていたらたまらないものね」

ローテーブルの置かれたソファセットに、祐一と長谷部は麻実と向かい合う形で腰を下ろした。最上博士はなぜか座ろうとせず、ぶしつけながら部屋の中をあちこち見回していた。麻実は警察が部屋に上がり込んできたことで極度に緊張した面持ちだった。

「あの、今日はどういったご用件でしょうか？」

　麻実がおずおずと尋ねてきたが、祐一としても何と答えたらよいかわからない。最上に従ってやってきたのだ。

　最上のほうはというと、キッチンの手前に置かれた棚の前に立ち、中身を覗き込んでいた。当然ながら麻実は困惑をあらわにし、助けを求めるように祐一のほうを向いた。

　たまらずに祐一も声をかけてみた。

「最上博士、座られてはいかがですか？」

　最上はまるで聞こえないように棚の前から動こうとしない。勝手に何かを取り出すと、両手に持って掲げて見せた。

「ねえ、麻実さん。これはあなたが飲んでいるもの？」

　最上の手にしているものを見ると、それは漢方薬が入った箱のようなものだった。漢字で書かれた長い薬名が書かれている。日本でよく知られる大手製薬会社が製造している漢方薬である。サプリメント感覚で飲んでいる人はすくなくないだろう。

　麻実はうなずいた。

「はい。健康にいいということで」

「誰にそう言われたの？」

「姉です」

「何種類飲んでいるか教えてくれるかな？」

質問の意味がわからず、麻実は動揺していたが、祐一が「お願いします」と頭を下げると、立ち上がって棚の前に移動した。麻実が漢方薬の種類を数えてから言った。

「七種類ですね」

「そんなに！」

最上は驚いた様子だったが、麻実のほうは平然としていた。

「わたし、もともと身体が弱いので、いろいろ飲まないといけないんです。最近では心臓のほうが少し悪くなってきました。母も心臓は弱かったですから」

「確か病院に通っているんだよね？　薬を何か処方されていない？　たとえば、ジゴキシンとか」

「ええ、そうです。ジゴキシンです。心不全の気があるとかで」

最上は何かに思い当たったように真顔になった。

「ジゴキシンはいつから飲んでいるの？」

「一カ月くらい前からです」

「あと、最後に質問だけど、麻実さんは何かアレルギーを発症するものがある？」

「いえ、特にありません」

「なるほどね」

最上は漢方薬を棚の中に戻した。

「ねえ、麻実さん。漢方薬やジゴキシンはいますぐに全部捨てて。あなたには必要ないから。あと、お姉さんの言うことを信用してはダメ。できれば、別々に住むことを勧めるけど」

「え、どういうことですか？」

啞然とする麻実の疑問には答えず、最上はもう用件は済んだというようにぺこりと頭を下げると、玄関のほうへ歩いて行った。

代わりに祐一が麻実に謝罪しなければならなかった。

「大変申し訳ありません。捜査中の案件なので詳細は言えないのですが、最上博士の言うとおり、漢方薬などはもう飲まないほうがよいと思います。追って詳細を連絡いたします。今日はこれで失礼します」

祐一と長谷部は逃げるように最上のあとを追った。

7

「最上博士、いったいどういうことなんですか？」

エレベーターに乗り込むと、さっそく祐一は最上に問いただした。

「ねえ、知ってる？　サプリメント大国のアメリカではね、年間にサプリメントの副作用で救急を受診する症例が二万件以上もあるっていわれているんだよ。翻《ひるがえ》って日本はどうだろうね。サプリメントの副作用で救急車を呼んだなんて聞いたことなくない？」

「確かに聞いたことはないですね」

「日本のサプリメントはそのままではアメリカに輸出できないほど品質が低いともいわれているんだけれども、いま急速に品質向上を図っているところなの。だから、アメリカで年間二万件以上もサプリメントが原因の副作用で救急受診がありながら、一方の日本で救急受診がないなんてことはありえないんだよ」

祐一は必死に最上の話についていこうとした。

「日本では人知れず、サプリメントの弊害で人が病気になっているかもしれないと？」

「そういうこと」

「先ほどの漢方薬のことですか？」

エレベーターが地上に着いた。マンションの敷地の外に出ると、最上が歩きながら続けた。

「麻実さんが飲んでいた漢方薬にはね、そのすべてに甘草《かんぞう》という原料が使用されていたの。甘草は漢方薬の七割に含まれるほど一般的な原料で、砂糖の五十倍の甘みがあるから、お菓子にも利用されたりしているんだよ。でもね、甘草を摂《と》りすぎると、偽アルドステロン症っていう重篤《じゅうとく》な副作用を発症することがあるの。偽アルドステロン症はね、高血圧症状とカリウムの低下による脱力や麻痺《まひ》、けいれんなどが特徴で、こむら返りなんかもそうなんだけど、進行すると心停止に至り死亡することもあるの」

「こむら返り……」

祐一は思い出した。

「小畑深雪の父親はプールでこむら返りを起こして溺死したんではなかったですか」

長谷部が手帳を取り出してうなずく。

「そうだ。ってことは何か、小畑深雪の父親はその漢方薬の摂りすぎで何とかっていう副作用を発症して、それで、プールで泳いでいるときにこむら返りを起こして溺死したったいうことか。ひょっとしたら弟の溺死も同じことが原因だったとか？」

「わたしはそう思うね。それでね、その甘草なんだけど、麻実さんが服用していると言っていたジゴキシンていう薬との相性が最悪で、不整脈を起こしたり、心室細動になったりすることがあるの」

「心室細動……。小畑深雪の母親の死因がそうだったよな」

祐一が立ち止まると、最上と長谷部も続いて足を止めた。

「最上博士、つまりはこういうことですか、小畑深雪は明らかな殺意を持って、妹の麻実さん、いえ、他の家族全員に甘草入りの漢方薬を過剰摂取させた。父親と弟の溺死は偽アルドステロン症が遠因であり、母親の心室細動は甘草とジゴキシンの相互作用の結果であると……？」

「まあ、そういうこと。幸か不幸か、小畑さんの家族は特定のアレルゲンへのアレルギー症状がなかった。だから、深雪さんはアナフィラキシーショックではなく、サプリメントの副作用で家族を殺そうとした」

長谷部がうなるような声を出した。

「うーん。でも、それって殺人として認定できるのか？　証拠として不十分じゃないか？」

祐一は決断を迫られていた。長谷部はこれを完全犯罪ではないかと言っているのだ。

「少なくとも生徒五人、家族三人の計八人を殺害した可能性の高い殺人者を野放しにはできません」

スマホを取り出すと、その場で中島課長の判断を仰ぐことにした。検察が不起訴にするかもしれないと中島課長が尻込みするようなら、その尻を叩くつもりだった。

8

中島課長はいくつかの賢明な判断を下した。

まず小畑深雪を検挙することにした。すでに家宅捜索を終え、漢方薬などの証拠品を押収していた。その際、最上博士が機転を利かせた。小畑深雪が所有する書籍の中に、薬学に関する書物を見つけたのだが、アナフィラキシーショックおよびサプリメントの飲み合わせの箇所にラインマーカーで線が引かれているのを発見したのだ。小畑深雪には生徒たちをアナフィラキシーショックで殺害する知識があり、サプリメントの相互作用により家族を殺害する知識もあったことが証明されたわけである。

課長室を訪ねると、それでも中島課長は厳しい顔をしていた。検察は起訴を決定したそうだが、公判を維持できるかはわからないからだ。

「小畑深雪の弁護人は代理ミュンヒハウゼン症候群を主張しているそうです。善し悪しの判断能力や行動を制御する能力の低下が認められると。代理ミュンヒハウゼン症候群の原因は詳しくはわかっていないそうですが、小畑深雪は幼少期に親から虐待を受けていたのだとか」

「そう来ましたか……」

祐一はため息をついた。裁判官が情状酌量により検察が求める刑罰を大幅に減じる可能性は大いにありうる。

「この事案はマスコミには大々的に報じてもらうことにします。裁判には世論の力も借りたいと思っていますから」

祐一はうなずいた。

「小畑深雪のまわりにあれだけ死者が出ているんです。誰がどう見てもおかしいと考えるはずです。正義の鉄槌《てっつい》が下されなければ、裁判所は国民から激しい非難を浴びることになるでしょうね」

中島課長は紅茶のカップに少し口をつけた。

「それと、厚生労働省に働きかけて、アナフィラキシーショックやサプリメントの飲み合わせの知識を広く国民に周知させることを徹底していきたいと思っています」

「賢明なご判断だと思います」

「小畑深雪ができたことならば、同様の知識を持った他の者ができないことはない殺人ですからね」

「ええ。あとは、小畑深雪が有罪となり罪を償うことを祈るばかりです」

中島課長は怜悧《れいり》な目で祐一を見据えた。

「今回もまた難しい事件をよく解決に導いてくれましたね。これからも期待していますよ。ただ、ホテルのラウンジでの打ち合わせはいかがなものでしょうね？　アフタヌーンティーを摂る必要があるのでしょうか？」

「そ、それもそうですね。以後気を付けます……」

祐一は頭を下げて退出した。今回の難事件もまた最上博士の協力があってこそ解決できた案件だった。アフタヌーンティーの金額など安いものではないか。

＊初出
「二度目に殺す毒」（小説宝石　二〇二三年四月号掲載）

第三章　血に飢える者

1

意識が混濁《こんだく》していた。飲み物に睡眠薬のようなものを入れられたのかもしれない。

沢田明奈《さわだあきな》はいわゆる家出少女だった。あの家には帰りたくない。原因は母親の過干渉だ。学校や塾の成績から友達関係まで、ありとあらゆることに口出ししてくる。そして、自分が気に入らないと激しく叱責《しっせき》する。父親はというと、娘にはまったくの無関心だ。仕事中毒で家庭にまるで興味がない。

二人からは愛情というものがまるで感じられなかった。明奈は孤独を抱えていた。少なくとも家には自分の居場所はない。ならば、探しに出かけようと思った。

家を出ると、電車を乗り継いで、新宿歌舞伎町《しんじゅくかぶきちょう》にあるトー横に向かった。そこには同じ家出中の若者や社会に居場所を得られなかった者たちがたむろしている。明奈は勇《ゆう》を鼓《こ》して同じ年くらいの少女に声をかけた。自分は家出をしてきたこと、初めてトー横にやってきたこと。ミサキと名乗る少女は明奈を快く受け入れてくれ、余っている段ボールを分けてくれた。

明奈はアスファルトの上に段ボールを敷き、仰向《あおむ》けに寝転がって空を見上げた。開放感があって悪くない。でも、しばらくすると冷気が上がってくるわ、アスファルトがごつごつして身体が痛いわで、寝心地は最悪だった。それでも自宅には帰りたくない。できることならば、誰かが家に泊めてくれたらいいのに……。

「そんなところで寝ていたら風邪引くよ」

深夜零時を回るころ、四十代くらいの男が声をかけてきた。スーツを着た平凡な風貌《ふうぼう》の男だ。

「泊まるところがないならうちにおいでよ。お腹が減っているなら、何かおいしいものでもご馳走《ちそう》するしさ」

男はやさしい口調でそんなことを言った。

身の危険を感じなかったわけではないが、それ以上に暖かい部屋とおいしい食べ物、心地よいベッドのイメージが押し寄せてきて、心がとろけそうになった。朝から何も食べていない。思わず明奈はうなずいていた。

男は近くの駐車場に車を駐《と》めていた。どこをどう走ったかはわからないが、二十分ぐらい車に乗っていた。やがてたどりついたのは十数階建てのマンションだった。エレベーターを上がって七階へ。リビングの部屋はそれほど大きくはなかったが、イメージのとおり暖かく小ぎれいだった。

ソファに座るように勧められた。柔らかなソファに腰を下ろす。男はすぐにピザを頼んでくれるという。そして、熱いコーヒーを淹れてくれた。ミルクと砂糖を入れて、コーヒーを半分ほど飲んだ。男はテレビをつけた。

「まあ、リラックスしなよ」

やさしい声でそんなことを言う。

明奈は何とはなしにテレビに顔を向け、どうでもいいニュースを観ていた。いつになったらピザは届くんだろうと待っていると、だんだんと眠くなってきた。そこから、記憶が飛んでしまっている。

意識を取り戻したが、身体が動かなかった。目を開けることもできない。男の手が肩に触れたのがわかった。どうしても身体が動かない。逃れられない。首筋に熱い息がかかる。身構えていると、次に歯を立てられた。首の皮が破けるのがわかる。薬のせいか痛みは鈍い。悲鳴を上げたかったができなかった。首から生温かい血がほとばしるのを感じた。

次に男は奇怪な行動に出た。音を立てて血を吸い始めたのだ。

こいつは異常者に違いない。

男の吸血はいつまでも続いた。やがて明奈は再び意識を失った。

2

朝、登庁して刑事部屋にある自席に座ると、長谷部勉はノートパソコンを開いた。いつもSCIS事案だけに従事しているわけではない。普段は捜査一課の捜査員として、都内で起きるその他の事案の捜査を行っている。いまも練馬《ねりま》で起きた強盗事件に従事していて、これからその報告書を書かなければならなかった。

江本優奈がふらりとやってきた。まだあどけなさの残る丸顔の童顔に、おびえのような表情が浮かんでいる。

「あの、係長、ちょっと気になる事件があるんですけど」

「何だ?」

「二カ月前、新宿歌舞伎町でトー横キッズが見知らぬ大人についていって、どこかに数時間監禁されたのち解放されたって事件あったじゃないですか」

トー横キッズとは、新宿歌舞伎町にある高層ビル周辺の路地裏にたむろする若者たちのことだ。少女は見知らぬ男に声をかけられ、男の家らしき場所へ車で向かい、睡眠薬入りの飲み物を飲まされたのか、いつの間にか眠ってしまい、気がついたら新宿の路傍に捨てられていた。そんな事件があった。

「おかしな事件だよな。特に暴行を受けた形跡も見られなかったそうじゃないか。それがどうした?」

「吉田《よしだ》さんの係が担当しているんですが、同様の被害に遭ったトー横キッズが少なくとも三人いるそうなんですよ」

「そうなのか? その三人も睡眠薬を飲まされて、記憶がないのか?」

「はい、暴行の形跡もないようです。でも、一つわかったことがあって……。被害者の一人の腕に注射痕《あと》が見つかったそうなんです。寝ている間に、注射のようなものを刺されたようだとも証言しています」

「何か薬物でも注射されたのかな」

優奈は小首をかしげた。

「それが、血液検査をしても睡眠薬の成分以外にこれといった薬物反応は出てないんですよ」

「時間が経ったから、成分が排泄《はいせつ》されたんじゃないのか」

「そう思うじゃないですか。違うみたいなんですよ」

ここからが重要だというように、優奈は右手をぱたぱたと振った。

「被害者の一人が言うには、目を覚ましたとき、頭がふらついたんだそうです。他の被害者にも聞いてみると、やっぱり同じように感じたというんですよ。貧血みたいな感じだったという子までいました」

「それってどういうことだよ?」

「警察医が言うには、被害者は血を抜かれたんじゃないかって」

「血を？」

長谷部は薄気味悪いものを感じて眉をひそめた。

「何だか猟奇的《りょうきてき》な話になってきたな……」

「何だか面白そうな話してますね」

そばで聞き耳を立てていたらしい、玉置孝が近づいてきた。すると、山中森生までにここにこしてやってきた。

「何の話っすか？」

玉置と山中を無視して、長谷部は優奈に顔を向けた。

「犯人は若者たちの血を集めているっていうのか？」

優奈がうなずく。

「そうみたいなんですよ。ね、気持ち悪い話ですよね？」

山中が興奮気味に言う。

「ああ。ト―横キッズ誘拐事件のことですね。じゃあ、これから犯人のことは〝ブラッド・コレクター〟って呼びましょうか？」

「ブラッド・コレクター……」

玉置が神妙な顔つきになった。

気になって尋ねる。

「タマやん、どうした？」

「いやね、最近SNSで目にした都市伝説を思い出したんすよ」

「おまえ、都市伝説とか好きだもんな。それで？」

「都内に吸血鬼が出るっていうんすよ。夜な夜な少年少女を襲い、生き血を吸うんだぞうっす。そっくりな話じゃないっすか。都市伝説のほうでは尾鰭《おひれ》がついて、少年少女は首に牙を立てられて、血を吸われたことになってますが、実際は静脈から注射器で血を抜かれたのかもしれませんよ」

「実際の事件が都市伝説になったたっていうのか？　どうだかなぁ」

「その都市伝説が広まったのって、ちょうど一カ月半ぐらい前で、そのトー横キッズが誘拐された時期から少し経ったくらいなんですよ」

「ふうん」

優奈は興味を惹《ひ》かれたようだ。

「火のない所に煙は立たぬと言いますよ」

「現代に吸血鬼が出たっていうのか」

長谷部は腕組みをしてうなった。

「他にも被害者はいそうだな。タマやん、SNSのほうで他に被害者はいないか探してみてくれないか。この事件、おれたちのほうでも追ってみよう」

「了解！」

三人の部下はやる気に満ちた声を返した。

長谷部は重たい腰を上げた。

「何だか話がちょっとSCIS絡みっぽいから、コヒさんにも知らせに行くかな」

連絡を受けた祐一は、警視庁にあるSCISの会議室にて、長谷部から話を聞かされた。都心に来たはいいがいまは暇だ、という最上博士も同席した。なるほど、SCIS事案かもしれないと考えてもおかしくはない不可思議な話だった。

「若者の間に広がる吸血鬼の都市伝説とは、現実に起きたトー横キッズ誘拐事件がもとになっているというんですね？」

長谷部はうなずいた。

「まあ、タマやんが言うにはそういうことだ。トー横キッズが誘拐された事案が起きて間もなく都市伝説の噂が広まったんだそうだ」

「そもそもなんですが、犯人はなぜ若者の血液を抜き取ったんでしょうね？」

祐一はその答えを求めて最上博士のほうを向いた。椅子の上でホットココアを飲んでいる。

最上はカップの中身を飲み干すと、ふうっと息をついてから、こんなことを言った。

「なぜ吸血鬼は血を吸うんだと思う？」

「なぜ？」

祐一は首をひねった。

「考えたこともありませんね」

最上が答える。

「吸血鬼の伝承によれば、吸血鬼は血を摂取《せっしゅ》することで、不老不死や超自然的な能力を得るといわれているんだよ」

「なるほど。確かに、映画などのフィクションに登場する吸血鬼は、人間離れした怪力であり、永遠に年を取らず若いままですね」

そこまで言って、祐一はふと思いついた。

「今回の犯人もそのような不思議な力を得るために、若者の血液を抜き取ったというんですか？」

「まさか、本物のドラキュラじゃないんだから」

長谷部が横から口を挟むと、最上は小馬鹿にするような笑みを浮かべた。

「あのね、高齢のマウスに若年のマウスの血液を輸血すると、細胞の再生や自然治癒《ちゆ》力の向上が見られたという研究報告があるのよ。反対に、若年のマウスに高齢のマウスの血液を輸血すると、老化の兆候が見られたんだそう」

「そんなことがあるのか……？」

「最近話題になった例としては、アメリカの起業家のブライアン・ジョンソンさんは、十七歳の息子の血液を採取して、血漿《けつしよう》と呼ばれる成分を抽出し、それを自分に注射したの。そしてまた、ジョンソンさん自身も血液を採取して、その血漿を七十歳の父親に注射したんだって。その結果、七十歳の父親は二十五歳、体年齢が若返ったんだそうだよ」

祐一は思い出した。

「そのニュースはネットで読みました。眉唾《まゆつば》だと思っていたんですが、本当にそんな効果があったとは……」

最上は得意になって続ける。

「血液中の血漿と呼ばれる成分には、たんぱく質などの化合物が豊富に含まれていて、それらから体内のすべての細胞の機能状態を読み取ることができるんだって。また、血漿中の成分の比率は、ヒトや動物の加齢とともに変わるんだってさ。その血漿たんぱく質の中でも、若返り作用のあるものとして、増殖分化因子GDF-11がいま注目されているんだ」

祐一はこれまでの最上の話を総合して考えてみた。

「それでは最上博士は、何者かが若返りを目的に、若者たちの血液を集めているのかもしれないと?」

「うん、そうだね。そういう可能性はあるかもしれないよね。それに、ここまでいろんな若者が被害に遭っているということは、バックにはそれなりに大掛かりな組織があるかもしれないって思っちゃうよね」

祐一と長谷部は顔を見合わせた。互いの顔には不安の色が浮かんでいた。

長谷部はスマホを取り出すと、さっそく三人の部下に現地調査を行うよう指示を出した。

3

命を受けて、玉置は山中と優奈を連れて新宿歌舞伎町のトー横へ向かった。そこには驚くべき光景が広がっていた。十代から二十代前半と思われる少年少女たちが地面に段ボールを敷いて、胡坐《あぐら》を掻いたり寝転がったりしている。警察が何度取り締まり、追い払おうとも、彼らはまた集まってくるのである。まるでホームレスのようだが、本人たちには卑屈《ひくつ》さや焦燥《しょうそう》感などはなく、快活な陽気さがある。彼らはそのスタイルを楽しんでいるようだった。

人数が多いので二手に分かれることにした。玉置は一人で、山中と優奈がペアを組んだ。玉置が最初に目をつけたのは、十七、八くらいの少女だ。どういうわけか、真っ白い何かの動物の着ぐるみを着ている。そしておまけに、奇妙としか表現のしようのないメイクをしていた。

「警察の者ですが、ちょっと聞きたいことがあるんだけどいいかな」

警察だと名乗っても、少女は警戒した様子はなかった。警察に慣れているのかもしれない。あるいは、物おじしない性格なのか。

「はい、何ですかぁ？」

間延びした声が聞く。

「知らない人についていって、睡眠薬を飲まされたことないかな？ それで、眠っている間に、血を抜かれたことってないかな？」

「え、ないです、ないです」

「ないかあ」

「ないですねぇ……。でも、そういえば、友達のリサが男の人についていったら、睡眠薬を飲まされたって言ってました」

「本当に？ そのリサさんに話を聞きたいんだけど、どこに行ったら会えるかな？」

「リサはあっちにいます」

少女の指さすほうに女の子だけのグループがいた。呼びかければよいものを、少女はLINEを使ってメッセージを送った。すぐに返信があり、一人の少女がグループから離れてやってきた。メイド服のような格好をしている。彼女もまた奇妙なメイクをしていた。流行《はや》っているのかもしれない。

同じ質問をぶつけてみると、リサは大きくうなずいた。

「はい、夕ご飯をご馳走してくれるっていうからついていったんです。そしたら、車でその人の家に連れ込まれて……。出されたコーヒーを飲んだら、意識がなくなっちゃって……。気が付いたときには、歌舞伎町の路上で寝てました」

これまでに誘拐に遭った少女たちと同じ手口だ。

「何か物を盗《と》られたり、乱暴されたりとかなかった？」

「それがなかったんですよ。だから、何だったんだろうって……」

「路上で目が覚めたとき、意識ははっきりしていた？　ふらふらしたり、しなかったかな？」

リサはそこではっとした顔つきになった。

「はい、確かに頭が何だかふらふらしました。貧血になったときみたいに」

「そうか」

リサの腕を確認してみたが、注射針の痕はもう残っていなかった。

重要な証言である。玉置はリサの本名と連絡先を聞いて、次の聞き取りへ移った。

山中と優奈は数人の少女らに声をかけてみた。見知らぬ大人についていき、睡眠薬を盛られた経験はないか。そう尋ねたが、反応はなかった。談笑している男女のグループに声をかけてみた。同じ質問をぶつけてみると、二十歳くらいの男が話に食いついてきた。

「あ、確か、おれの元カノがそんなこと言ってましたよ」

山中が尋ねる。

「元カノと話したいんだけど、できるかな？」

「いま呼び出しますよ」

待つこと十分ぐらいで、二十歳くらいの女がやってきた。髪は金髪で、上下グレーのスウェットを着ている。

山中が同じ質問をすると、ユキと名乗る女は顔の前で手を振った。

「え、わたし睡眠薬とか飲まされてませんよ」

「あれ？」

話が違う。山中は男のほうを向いた。

「言ってたじゃん。血を抜かれたってさ」

「ああ、買ってもらったのね」

「買ってもらったとは？」

「だから、わたしの血を買ってもらったんです。五〇〇ミリリットルで、一万円だったかな」

優奈が横から非難するように言った。

「ちょっと、いまの日本では血の売買は法律で禁止されているんですよ」

「えっ、そうなんですか。わたし知らなかったんです」

「安全な血液製剤の安定供給の確保等に関する法律、通称〝血液法〟というものがあって――」

「まあまあ、いまはそれは置いといて」

山中は優奈をなだめると、ユキに向き直った。

「それで、その相手はどんな男だったかな？　年齢とか見た目とか」

「えーと、だいたい四十歳くらいで、見た目は普通な感じでした」

「その男はよくこのあたりに来るのかな？」

「たまに見かけますよ。いろんな人から血を買ってるみたいで」

「そうか、ありがとう」

山中と優奈はその場から少し離れると、互いに顔を見合わせた。

「おかしいな。話がだいぶ違うぞ？」

「そうですね。玉置さんに報告しましょう」

4

ＳＣＩＳの捜査本部には、祐一、最上、長谷部、そして、部下の玉置、山中、江本優奈たちが集まった。

玉置たちがトー横で仕入れたネタを報告すると、長谷部は困惑の表情を浮かべた。

「ちょっと待ってくれよ。吸血鬼には無理やり睡眠薬を飲ませて注射器で血を奪うやつと、律義《りちぎ》にカネを払って採血していくやつの二種類がいるっていうのか？」

祐一の頭もまた混乱していた。

「両者が同一人物なのか、それとも別人なのか……。由々《ゆゆ》しき事態であることに変わりはありません。早急に犯人を検挙しなければ……」

「で、どうする？　犯人はいまだにトー横界隈《かいわい》に出没するというし、おとりでも仕掛けるか？」

祐一は顎に手を触れた。考えてみる。

「悪くないアイデアですが、おとりをどうするかですね。犯人は十代から二十代前半の若い女性を狙っているようですし」

「うちには十代から二十代前半に見える女子が二人いるが？」

一同の目が二人の女性に注がれた。最上と優奈である。

最上はあわてた。頭の上でばたばたと手を振っている。

「ちょっとちょっと、二人とも何言ってるのよ。わたしってば、今年三十五歳になるっていうのよ。どう見たって、立派な大人のレディでしょうが」

長谷部が鼻で笑う。

「いやいや、最上博士は十代でも十分通用する。優奈も童顔だから二十歳くらいで通用するな」

優奈のほうは悪い気はしていないようで、真面目な顔でうなずいた。

「わかりました。わたし、やります！」

「そうこなくっちゃ」

「じゃあ、優奈さんにやってもらえばいいよね。わたしはやらないから」

犯人は若さにこだわっている。より若く見えるほうを狙うだろう。ならば、最上に軍配が上がる。

祐一は説得を試みることにした。

「いえ、最上博士、おとりの数は多ければ多いほど犯人が引っかかる確率は上がります。どうか、ご協力願えませんでしょうか？　いかんせん、このチームには人数が不足しているもので」

「困ったわねぇ」

最上は腕組みをする。

「まあ、でもいいか。どうせ犯人が現れたとしても、優奈さんのほうに引き寄せられるでしょうしね」

「ええ、そうかもしれませんね」

口だけで応じておいた。こんなにも優秀な人物でも自己評価を見誤るのだなと不思議な気持ちで最上を見つめた。

5

女子中学生の制服でも着せられるのかと思ったが、「いつものままでいい」と一同に説得され、最上は不本意ながらピンク色の古着風のTシャツに白のホットパンツ、ブルーのスニーカーという出《い》で立ちで、トー横に繰り出すこととなった。傍からは見えないが、耳にはイヤホン、襟元にマイクが仕込まれており、無線で祐一と長谷部とつながっていた。彼らは近くの路傍に車を駐めて、見守っているはずである。

トー横の一角には、十代から二十代の若い男女が小さなグループに分かれて生息していた。ただ段ボールの上に寝そべる者、漫画を読みふける者、奇声を上げて騒ぐ者……。ここだけ無法地帯のような有り様だった。

最上は準備してきた段ボールをアスファルトの上に広げた。広場の反対側を見ると、優奈もまた段ボールを敷いたところだった。

彼らがしているように仰向けに寝っ転がってみる。空がこんなにも広いことに驚かされた。

「へえ、視点が違うと見える世界もまた違ってくるもんだなぁ。いい経験をした」

それにしても地面が冷たい。背中に冷気が伝わってくる。敷布団《しきぶとん》が必要だと後悔していると、優奈のほうに若い男子が近づいていくのが見えた。男子は少し会話をすると、その場から離れていった。ただのナンパかもしれない。

「やるじゃないの」

やはり優奈のほうが若く見えるのだろう。男たちは彼女のほうに寄っていくはずだ。なんだか少しだけ残念な気がした。

それにしても何もやることがない。最上はスマホを取り出して、テトリスを始めた。あっという間に時間が過ぎ去っていく。小一時間ぐらい経っただろうか。あまりにも熱中しすぎて、声をかけられるまで目の前に人が立ったことに気付かなかった。

「やあ」

顔を上げると、四十代前半くらいの男が立っていた。

目が合うと、男は決めつけるように言った。

「きみは中学生だね？」

「違います。わたしはとっくに成人——」

むっとして言い返そうと思ったが、本来の目的を思い出した。

「……高校生です」

「ああ、そうなんだ。じゃあ、高一だ」

また決めつけるように言う。最上は男に憎悪に近いものを覚えた。

「……そ、そうかもね」

「いま暇かな？」

「うん、まあね」

男はそこで周囲をさっと見回すと言った。

「割《わり》のいいバイトがあるんだけど、興味ない？」

どくんと心臓が大きく鼓動した。

「ど、どんなバイト？」

「血を売るバイト。何も危ないことないよ。よく病院で血液検査とかするだろう。それとまったく一緒で、腕の静脈から血を五〇〇ミリリットル採《と》るだけ。それで一万円。悪くないでしょ？」

この男こそが目当ての人物に違いない。

襟元に仕込まれたマイクから祐一たちにもいまの会話は聞こえただろう。イヤホンから長谷部の興奮した声が聞こえてきた。

「こいつだ！　確保《かくほ》だ、確保！　急げ！」

最上は冷静を装って尋ねた。

「素朴な疑問だけど、わたしから買った血は何に使うの？」

男はにやりとした。

「血を買ってくれるクリニックに売るんだよ」

大きな足音とともに長谷部が部下を引き連れてやってきた。

「警察だ！　そこまでだ！」

男は驚きを顔に貼り付け、固まっていた。

玉置が男を背後から羽交《はが》い締《じ》めにした。

「な、何だよ？　おれが何をしたっていうんだよ？」

「血の売り買いは禁止されているんだ。知らなかったのか？」

男は自由になろうといまさらながら暴れたが、そこに山中と優奈も加わり、長谷部が男の腕を後ろにひねり上げたところ、観念したのかおとなしくなった。

長谷部が荒い息をついて言った。

「取調室で詳しく話してもらおうか。な?」

その後に行われた所持品検査により、男が〇・五グラムの覚醒剤を所持していたことがわかった。男はヤクの売人でもあったのだ。名前は前田諒太《まえだりようた》、四十二歳。やはり覚醒剤の売買で一度逮捕歴があった。

警視庁にある取調室にて、長谷部は前田と机を挟んで向かい合って座った。長谷部は正面からにらみつけるようにして聞いた。

「職業は?」

「主にクスリの売買です」

前田はすっかりしおらしくなっていた。

「覚醒剤だな?」

「はい」

「他には？」

「最近は血液の売買もやってます」

「それについて詳しく話せ」

「そのまんまっすよ。若者から血を買ってるんです」

「誰に頼まれて血を買ってる？　その血を誰に売る？」

「そ、それは……。黙秘します」

長谷部は机を平手で強く叩いた。大きな音が上がり、前田が身体をびくりとさせた。

「おまえ、覚醒剤《シャブ》を所持していたことを忘れるなよ？　おまけに前科《マエ》もある。次は実刑食らうことは間違いない。だが、おれの質問への答え如何《いかん》では、覚醒剤所持については目をつぶってやってもいいと思っているんだ」

「ほ、ホントですか？」

長谷部は静かにうなずいた。

前田は喉の奥でうなるとついに言った。

「血を買ってくれるクリニックがあるんです。クリニックっていっても、闇のクリニックで、免許を剝奪《はくだつ》された元医者がやっているやつです。難病を持った患者から乞われて安楽死《あんらくし》させたんだそうで……」

長谷部はぴくりと眉毛を動かした。

「ほう。そこがどこか教えてもらおうか」

6

そのもぐりのクリニックは新大久保《しんおおくぼ》駅近くにある何の変哲もない雑居ビルに入っていた。外階段を上がり、二階のフロアーに出ると、看板も表札もないドアがある。そこがクリニックだ。ノックをして中に入ると、ちゃんとした診察室があった。

椅子に腰を掛ける院長は大沢芳夫《おおさわよしお》と名乗った。大沢は五十絡みの男で、無精《ぶしょう》ひげを生やして、何だか疲れたような風貌をしていた。祐一と長谷部が警察だと告げると、観念したかのようにがっくりとうなだれた。

祐一は口を開いた。

「失礼ですが、医師免許はお持ちですか？」

大沢は首を振った。

「いえ、七年前に剝奪されました。筋萎縮性側索硬化症の患者の嘱託《しょくたく》殺人です」

「なるほど。あなたは若者の血液を買い取っていますね？　ご存じかと思いますが、血液の売買は法律で禁止されています」

大沢はため息交じりに言った。

「いつかはバレるんじゃないかと思っていましたが、医師以外にやれる仕事がありませんでした」

長谷部が鼻を鳴らす。

「医者じゃなくとも仕事はいっぱいあるだろうよ」

「元医師というプライドが他の仕事を受け付けなかったんです」

祐一は部屋を見回した。普通の診察室と変わりはないが、このクリニックには受付もなければ、看護師も一人もいない。表に看板も出ていなかった。

「ここへはどのような患者がやってくるんですか？」

「宣伝はしていませんから、来られる方々はみなさん口コミです。だいたいがお金に余裕のある患者さんがいらっしゃいます」

「血液の集め方を教えてください」

「それはスカウトマンに任せていますが、街をぶらついている少年少女たちから買っていると聞いています。お金になると聞けば、たいがいの若者は血液を売ってくれると聞いています」

長谷部が半身を乗り出して聞く。

「で、実際、若者の血液を輸血すると若返るのか？」

大沢は苦笑いを浮かべた。

「それは効果てきめんですよ。人間の年齢を年月の経過で測るのは馬鹿げています。生物学的な年齢、つまりは血液年齢こそが人間の実年齢なんです。若者の血液を輸血すれば、身体の血が若返るわけですから、実年齢もぐっと若返りますよ」

「へえ、すごいもんだなあ」

長谷部はすっかり感心していた。自分もやってみたいと思っているかのように。

祐一は厳しい口調で宣言した。

「あなたを血液法違反と医師免許なくして医療行為を行った医師法違反で逮捕します」

大沢は申し訳なさそうに頭を下げた。

7

「今回はわたしのお手柄だったんじゃない？」

赤坂にあるサンジェルマン・ホテルの二階にある最上博士行きつけのラウンジにて、祐一は最上と並んでストゥールに座り、バーテンダーが注文を取りにやってくるのを待っていた。

祐一は最上の問いにうなずいて返した。

「確かに、最上博士には負うところが大きかったように思いますね。家出少女に扮《ふん》した博士はなかなかの演技でした」

「そこがちょっと気になるのよ。わたしはどう見たって成熟した立派なレディだというのに……」

そこで、他の客の酒をつくり終えたバーテンダーが注文を聞きにやってきた。

最上がすかさずオーダーする。

「あ、わたし、バーボンをロックね」

バーテンダーは最上に向かって柔らかい笑みを浮かべた。

「お客様、アルコールは二十歳《はたち》になってからでないと飲めない法律になっております」

最上の目が据わった。

「祐一君、ちょっとこのバーテンダーさんにわたしがずいぶん前に成人に達していることを証明してあげてちょうだい」

祐一は仕方なく自分が警察庁の人間であり、最上が成人していることを請《う》け合《あ》った。

「大変失礼いたしました。すぐにバーボンのロックをつくって参ります」

「わたしは黒のスタウトをお願いします」

「かしこまりました」

バーテンダーは深々と頭を下げて、お酒をつくりにかかった。

しばらくすると、二人の前にそれぞれのアルコールが置かれた。グラスを軽く合わせて乾杯する。

最上は事件が解決したものと喜んでいるようでにこにこしているが、祐一には一つ引っかかっていることがあった。

「あれ、どうしたの、祐一君。浮かない顔をしているじゃないの」

「最上博士、お忘れではないですか？　玉置さんたちがトー横で行った聞き取りによれば、お金を払って血を買っていく者と、その場から若者を連れ去り、睡眠薬を飲ませて無理やり血を奪う者がいるとのことでした」

「あ、そうだった……」

最上は目を見開いた。

「じゃあ、もう一人、もっとヤバいやつがまだ捕まってないってこと？」

「ええ、若者たちの証言が正しければ、そういうことになりますね」

「でもよ、祐一君。そっちのほうは尾鰭が付いた都市伝説なんじゃないの？　だって、確率的に考えて、同時期に血を買う闇医者と血を奪う吸血鬼が現れるとは思えないもの」

「博士がそう考えるのもわかりますが、実際に見知らぬ男についていって、気が付いたら路傍で寝ていたと語る少女たちがいるんです。彼女たちの証言を無視することはできません」

「それもそうねえ」

祐一のスマホが鳴った。出てみると、長谷部からだった。

「コヒさん、大変だ。新たに三人も犠牲者が出た。三人とも犯人に首を咬まれて、血を吸われたと言っている。本物の吸血鬼が出たみたいだ！」

8

被害者は沢田明奈、十七歳の高校生と結城紗枝《ゆうきさえ》、無職の十八歳、杉野明日香《すぎのあすか》、二十歳、学生だ。沢田明奈のほうは歌舞伎町のトー横で犯人と出会い、結城紗枝と杉野明日香のほうはSNS上で犯人と知り合ったという。

警察はただちに結城紗枝と杉野明日香のスマホを解析し、SNSでのメッセージのやり取りから、犯人のアカウントを特定しようとしたが、すでに犯人はそのアカウントを削除していた。SNSの運営会社への情報開示請求を行ったが、犯人はプリペイド式のスマホを利用しており、犯人の素性の特定には至れなかった。

SCISの捜査本部にて、長谷部は沢田明奈の証言により作成された犯人の似顔絵を一瞥《いちべつ》すると鼻を鳴らした。

「何の特徴もない男だな。こんな男を見つけ出すのは無理だ」

祐一は長谷部に尋ねた。

「被害者の結城紗枝と杉野明日香の二人はどこで犯人と会ったんですか？」

それには玉置が答える。

「結城紗枝のほうは練馬駅近くの公園で、杉野明日香のほうは吉祥寺《きちじょうじ》にあるわりと大きめの公園ですね」

長谷部が苦々し気に言う。

「どっちの公園も行ったことがあるが、防犯カメラは設置されていなかったはずだ」

祐一はホワイトボードに東京都の地図を広げ、犯人が被害者をピックアップした地点にマーキングした。歌舞伎町のトー横ではわかっているだけで五人の被害者、練馬で一人、吉祥寺で一人だ。それから、祐一はスマホである検索を行い、トー横を中心とした円を作成した。東京のど真ん中に円が描かれた。

「コヒさん、それは何だ？」

長谷部の問いに答える。

「沢田明奈の証言によれば、犯人の自宅マンションまではトー横から車で二十分ほどだということです。その範囲を丸で囲んでみました」

「かなりの広範囲だな……」

「地理的プロファイリングを行いましょう」

「なるほど！」

長谷部が大きくうなずいた。

地理的プロファイリングとは、犯人の空間行動に焦点を当てたプロファイリングのことである。犯行現場に関する空間情報を検討することによって、〝危険領域面〟と呼ばれる三次元確率分布を作成する。

「危険領域面を作成します。その標高の高いところこそが、犯人の居住区や勤務先がある可能性の高いスポットです」

「それなら任せてください」

コンピュータに強い優奈が勢い込んで言った。

犯罪地理ターゲッティングと呼ばれるコンピュータ処理によって、危険領域面が作成された。東京都の地図の上に、立体化された山の等高線のようなものが浮かび上がった。

標高がもっとも高いところは赤く表示されている。

作成された地図では杉並《すぎなみ》区のほぼ全域が赤く染まっていた。そこが犯人の居住地あるいは職場のある地域と思われる場所だ。だが、赤い標高の部分には何十万人という人が住んでいるだろう。

ホワイトボードに貼られた危険領域面を前に、長谷部は腕組みをして、喉の奥でうなった。

「危険領域面は出来た。だが、これで犯人を絞り込むことはできない……」

「プロファイリングで迫れるのはここまでが限界ってことですか」

玉置も悔しさをにじませている。

祐一もまた同じ思いだった。

一同のため息の音が漏れた。ただ一人、最上だけは何かを思いついたようで、うなずいている。

「ねえねえ、確率的に考えて、同時期に血を買う闇医者と血を奪う吸血鬼が現れるとは考えにくいって話していたの、覚えている?」

「ええ、覚えていますよ」

祐一は応じた。

「だから、何だというんです?」

「こう考えてみたらどうかしら。捕まった大沢元医師とその吸血鬼との間には何らかの関係があるの」

祐一はその意味を考えてみた。そして、すぐある考えに思い至った。

「なるほど。わたしもその線が濃厚であるように思いますね」

9

翌日、祐一は最上と長谷部を連れて、大沢元医師が留置されている新宿署へ向かった。取調室に入ると、すでに大沢が机を前に席に着いていた。両手に手錠をつけられ、腰縄が打たれている。もともと疲れているような顔つきがより一層深刻なものになっていた。

祐一は大沢と向かい合った。

「大沢さん、あなたにうかがいたいことがあります。あなたのクリニックには人づてに若い血液を輸血してもらうためにお客がやってきたということでしたね。彼らはみなそれが日本では認められていない医療行為であることをわかっていたはずです。そうですね？」

大沢はうなずいた。

「ええ、わたしが元医師であり、いまは医師免許を持っていないことは、みなさん知っていたと思います」

「彼らは金を持っているかもしれないが、正しい倫理観を持っているとはいいがたい」

大沢はどう答えたらよいかと少し口をつぐんだが、やがてうなずいた。

「ええ、そうかもしれませんね」

最上が血を買う闇医者と吸血鬼が同時期に現れる確率は低く、ゆえに、両者に何らかの関係があるのではないかと話したときに、祐一が思いついたのが、吸血鬼は闇医者のクリニックの客だったのではないかということだ。

吸血鬼は闇医者にかかり高額な費用を払うよりは、自分で若者を捕まえて生き血を吸ったほうが安上がりだと考えたのかもしれない。

祐一は自分の考えを話すことにした。

「実は、このところ若者が誘拐され、その生き血を吸われるという事案が数件発生しています。わたしはその犯人があなたのクリニックにかかったことのある客ではないかと考えています」

大沢は衝撃を受けたように目をぱちくりさせた。

「言動を不審に思うような客がかつていませんでしたか？」

大沢は十分に考えを巡らせるような間を取ったあとようやく口を開いた。

「そう言われれば、一人だけちょっと変わった患者がいました。こんなことを聞かれたんです。若者の血は口から飲んでも同じような効果が表れるのか、と」

「その人物の名前を覚えていますか？」

「ええと……、舟木《ふなき》さん、舟木佑介《ゆうすけ》さんだったかと思います」

「綴りを教えてください」

長谷部が求めると、大沢は漢字を教えてくれた。長谷部がそれをメモに取った。

「ですが、それが本名かどうかはわかりませんよ」

大沢はそんなことを言う。

「どういうことです？　健康保険証などで確認を取っていないのですか？」

「わたしが健康保険証の提示を求めるわけがないでしょう。もぐりの医者なんですから。身分証の提示も求めていません。ただお金を払ってくれればそれでよかったんですからね」

そう言うと、大沢は自嘲《じちょう》気味に笑った。

10

男はハンバーガーショップで買ってきた簡素な夕食をとっている間もスマホを手放さなかった。いくつかの単語を組み合わせて、SNSのX（旧ツイッター）で検索を試みる。目当ては、家出中の若い女性だ。家出中がなぜよいのかといえば、そういう子は親と仲が悪いために、何か起こったときに親に告げ口をするようなことが少ないからだ。なぜ少女かといえば、若ければ若いほど良質な血液が手に入るから。いや、生き血を吸うことができるからだ。もちろん、少年でも同じなのだが、男の趣味に合わなかった。また、血液型が自分と同じO型であることも重要である。

若い血液を身体に入れたときの効果は身をもって経験している。元医師の男に若者の血を静脈注射してもらったのだ。変化は明瞭だった。世界が明るく見え、力が身体に満ちるようだった。低血圧気味で朝が弱かったが、寝起きもよくなったし、一日中歩いても疲れにくくなった。

　だが、あの料金設定はぼったくりだ。たかだか五〇〇ミリリットルの血液を注射するのに、三十万円も取られるとは。若い血液の効果は一時的なもので、元医師によれば、三、四カ月で効果は消失してしまう。注射し続けなければならないわけだ。普通の会社員ではまず無理で、ある程度のお金持ちでなければできないアンチエイジングである。男のように、少ない親の遺産で食っている身では、続けることはできない。

　そこで思いついたのが、自分で若者から直接血をもらうことだ。お金を払って血をもらおうかとも考えたが、女を誘拐してから眠らせて血を採取するほうが興奮すると思った。そして、そのとおりに実行した。自分が血に興奮するとは知らなかった。新鮮な経験だった。

　まるで吸血鬼、ドラキュラだ。おれは現代のドラキュラなのだ。

　そう思うと、何だか自分が偉大な悪魔にでもなったような気になった。ドラキュラのことを調べてみるとモデルらしき人物がいたことを知る。中世の時代、バートリ・エルジェーベトというハンガリーの貴族がいた。バートリは処女の血を浴びると若返ると信じていたために、血を搾《しぼ》り取るために、アイアン・メイデンという拷問《ごうもん》装置を開発した。

中身が空洞の人形であり、内部には無数の釘が内向きに刺さっている。その中に人を入れると、身体中に釘が刺さり、血が流れ出すという代物である。

その話を聞いたとき、男は身体に電流が走るのを感じた。いつしか、うら若き少女の血というものにとり憑《つ》かれている自分がいた。

11

警察庁のデータベースにより、「舟木佑介」の名前で検索をかけてみると、数名のヒットがあったが、吸血鬼の被疑者と思われる二十代から四十代の男性に適合する人物はいなかった。

ＳＣＩＳの捜査本部にて、長谷部は苛立《いらだ》った声を上げた。

「くそぅ。偽名を使われたんじゃなぁ。どこのどいつかはわからないままだ」

優奈が口を開いた。

「またトー横でおとり捜査をしたらどうですか？　運がよければ、犯人は現れると思いますけど」

「それはどうだろうなあ」

玉置が首をかしげる。

「最初のうちこそ犯人はトー横でターゲットをあさっていたみたいだけど、あるときからは、出会いの場をＳＮＳに移しているからな」

長谷部がうなる。

「犯人は獲物を狩る場所をＳＮＳに移したのか」

「じゃあ、ＳＮＳで――」

言いかけて、優奈は口をつぐんだ。トー横のおとり捜査と違って、ＳＮＳで犯人と出会う確率は相当に低いだろう。

「でも、ダメもとでやってみます？」

「いや、効率が悪い」

長谷部が祐一のほうを向いた。

「コヒさん、何かいい案はないかな？」

「名前のわからない吸血鬼を捕まえる方法ですか？　まったく思いつきませんね」

今度は祐一が最上を見る。最上は視線に気づいていないというように、大きなバウムクーヘンを直《じか》に食べている。最上の小さな歯型分、バウムクーヘンが減った。

重苦しい沈黙が部屋を支配する。誰も一言も発しない。それぞれに吸血鬼を捕まえる方法を考えているのだろうが、誰も思いつかないようだ。

最上が沈黙を破った。

「その吸血鬼はいまはSNSを狩猟の場に選んでいるんだよね？」

祐一はうなずく。

「ええ、そのようです」

「いまも被害者が出ている？」

「ええ、そのようですね」

「じゃあ、いまこの瞬間もその吸血鬼はSNSで獲物を物色《ぶっしょく》しているかもしれないね」

「そうかもしれません。何かよいアイデアでもありますか？」

期待を込めて聞く。

最上は胸の前で腕を組み、うなり始めた。一同を引き付ける十分な間を取ってから言った。

「うん。あるね、アイデア」

「ほう、それはどんな？」

祐一が気になって尋ねる。

最上はホワイトボードに貼られた地図の危険領域面を見つめた。

「最新の犠牲者は誰？」

玉置がノートパソコンを取り上げ、最上に見せながら言う。

「杉野明日香です」

最上はうなずくと衝撃的なことを言った。

「杉野明日香は一カ月前に東南アジアへの渡航歴があり、狂犬《きょうけん》病に感染していたという情報を、警視庁の発表としてSNSに流して」

「きょ、狂犬病⁉」

長谷部が驚きの声を上げた。

「おいおい、公式の発表としてそんなデマ情報を流すわけにはいかないだろう。どういうことか説明してくれ」

「いい？　吸血鬼がSNSを見て、自分が血を吸った対象者が狂犬病に感染していたことを知ったとしたらどう思うか考えてみてよ。狂犬病は狂犬病に感染している哺乳類《ほにゅうるい》や鳥類に嚙まれることで、狂犬病ウイルスに感染する病気で、いったん発症したあとでは治療法はなく、致死率は一〇〇パーセント。感染して助かる方法はただ一つで、狂犬病のワクチンを発症前に接種すること。

正直なところ、狂犬病ウイルス保有者の血を吸うことで感染するかどうかは微妙なところ。でも、吸血鬼は万一のことを考えて、狂犬病ウイルスのワクチンを接種しようとするはず。ワクチンを常備している病院やクリニックは限られているから、吸血鬼は最寄りの病院やクリニックに問い合わせて、接種に向かうはずなんだ」

祐一はそのアイデアに興奮した。顔がほころんでくる。

「なるほど、そこで地理的プロファイリングが活きてくるわけですね。危険領域面の標高の高い地域内にあり、狂犬病ウイルスのワクチンを常備している病院に、吸血鬼は現れる可能性が高い」

「おお！　すごい！」

玉置や山中、優奈たちがそろって感嘆の声を上げた。

最上はにこりと微笑む。

「そういうこと。嘘の発表をしたことについては、あとから誤情報だったたって撤回すればいいんだから」

長谷部は祐一のほうを向いた。

「それはおれの力ではどうにもできない。これはコヒさんの力の見せ所だな」

「そ、そうですね……」

祐一は表情を一転させ、渋い顔でうなずいた。


中島加奈子課長が上層部に相談し、なんとか承認を取り付けると、警視庁は公式Xで、「都内で若い男女を狙った誘拐事件が多発していること」について注意を促し、その文脈の中で、「拉致《らち》の被害に遭った被害者の一人、杉野明日香さんには東南アジアへの渡航歴があり、狂犬病に感染していた」ことについてさりげなく言及《げんきゅう》した。

最上はXの投稿に目を通すと、満足そうにうなずいた。

「うんうん、これでよしっと。あとは獲物が罠《わな》にかかるのを待つだけだね」

祐一は長谷部たちに危険領域面内にあり、狂犬病ワクチンを常備している病院とクリニックに連絡を入れ、同ワクチンについての問い合わせがあった場合、至急知らせてほしい旨《むね》を伝えさせた。

こうして、あとは吸血鬼が罠にかかるのを待つのみとなった。

12

男は日がなXで獲物を探していた。身体が必要以上に血を求めていた。飢えていると表現してもいい。本物のドラキュラになったような気分だ。

何気なくXで投稿記事に目を通していると、ふと警視庁の公式Xの投稿が目に入った。

自分が毒牙に掛けた被害者の名前は知らない。どこの誰かも興味がない。重要なのは若いことだ。被害者が杉野明日香という名前であることを初めて知った。記事を読んでいくと、目を疑うようないくつかの単語を見つけた。

東南アジア、渡航歴、そして、狂犬病――。

鼓動がにわかに早まった。

男はもう一度記事を初めから読み返した。あの女は狂犬病のウイルスに感染していたのだ。そして、自分はその血を吸ってしまった。

おれも感染してしまったのではないか？

男はあわてふためいてグーグルで〝狂犬病〟について調べてみた。

厚生労働省のホームページだ。悲劇的なことに、狂犬病は一度発症したら現代の医療では治すことはできず、致死率は一〇〇パーセントに至ることが書かれていた。

おれは死ぬのか？

気を落ち着かせていま一度調べてみる。そのホームページでは、発症する前であれば、ワクチンを接種することで発症を防ぐことができるという。

ワクチンだ。速やかに接種する必要がある。気が焦った。

厚生労働省検疫所のホームページにて、狂犬病のワクチンを常備している近くの病院を探すべく検索をした。自宅から一番近い病院を確認すると、すぐに電話をかけた。

「当院では、現在、狂犬病のワクチンの在庫を切らしております」

最初に電話をかけた病院の受付係は、散々待たせた挙げ句、申し訳なさそうにそう言った。仕方なく、男は次に自宅から近い病院に電話をかけた。

「狂犬病に感染した可能性があるんですが、そちらにワクチンはありますか？」

受付係がまたも「少々お待ちください」と言い残すと、気の滅入《めい》るような保留音が鳴った。五分ほど待たされてようやく、戻ってきた受付係は「はい、当院に常備してあります」と明るく答えた。

男はマンションの駐車場に急ぎ、車に乗り込むと急いで病院に向かった。狂犬病ウイルスの潜伏期間は一カ月程度という。だが、個人差があるだろう。杉野明日香を襲って生き血を吸ったのが一週間ほど前なので、猶予はほとんどない。早くワクチンを接種するに越したことはない。

病院の受付で事情を説明すると、内科の前のベンチで待つように言われた。自分以外にも患者はおり、優先してもらうわけにもいかず、しばらく待つ以外にない。スマホを見る気分にもなれず、じりじりする思いで待つこと二十分、ようやく「若林陽介《わかばやしようすけ》さん」と自分の名前が呼ばれた。

スライドドアを引いて診察室に入ると、デスクの前の椅子に白衣を着た女性が座っていた。女医だ。医師免許所持者だろうから当然ながら成人しているはずだが、どう見ても中学生ぐらいにしか見えない。

若林はおずおずと尋ねた。

「あの、先生……ですか？」

「もちろん。生徒だと思った？」

「い、いえ……」

冗談を聞いて笑えるような状況ではない。

若林はちょっとむっとしながら尋ねた。

「狂犬病に感染した可能性があるんです。ワクチンを打ってもらえないでしょうか？」

「その前に聞かせてください。あなたは最近国外へ渡航されましたか？」

「いいえ……、いや、行きました。フィリピンのほうへ」

「いつごろですか？」

「一週間前です」

「ほう。パスポートはお持ちですか？」

「いや、いまは持ち歩いてないんで」

「フィリピンでどうされたんです」

「だから、犬に嚙まれたんですよ」

「嚙まれた箇所を見せてください」

「ええ？　いや、あの傷はもうなくなっちゃいました」

「え、一週間前の話ですよね。嚙まれたら嚙み痕ぐらい残りますよね。ちょっと見せてくれませんか？」

何なんだ、この女は――。

若林は額から汗が噴き出すのを感じた。嚙み痕なんてあるわけがない。おずおずと左手を差し出して見せた。

「て、手の甲を嚙まれたんです」

「あれぇ、嚙み痕がないなあ」

「だから、もう治ったんですよ。たいして嚙まれなかったものですから。いいから早くワクチンを打ってください！」

「どうしようかなぁ……」

「最上博士、もういいでしょう」

背後のドアが開いたと同時に、声が響いた。

振り返ると、高級そうなスーツを着た男が立っていた。彼の隣には、上背のある強面《こわもて》の男が控えている。

スーツの男が言った。

「杉野明日香は狂犬病に感染してはいませんよ」

「え？」

この男はいきなりやってきて何を言っているのか。

「警視庁の公式のXで……」

そこまで言いかけて口をつぐんだ。なぜ、この男が杉野明日香の名前を持ち出したのか。

はっとする。

「まさか……」

男はにやりとして言った。

「ええ、そのまさかです。わたしたちは警察の者です。あなたはまんまと罠にはまったというわけです」

強面の男が脅すような口調で言った。

「若林陽介、おまえを逮捕・監禁の罪で逮捕する」

13

ヨーロピアンスタイルの部屋にて、主の中島加奈子課長は祐一の報告に耳を傾けていた。陶磁器のカップから湯気の立ち昇るアールグレイの紅茶を飲みながら。祐一の話が終わると、何度かうなずいた。眉根にはかすかなしわが刻まれている。

「なるほど。今回もまたご苦労様でした。それにしても、人間の欲望とは底に足がつかないほどに深いものですね。欲に溺れた者はどんな罪を犯すかわからない。若返りを図るために若者を襲い、その血を啜るとは……」

祐一も同意見だった。

「不老不死は人類の抱く普遍《ふへん》的なテーマの一つです。誰もが死を恐れています。自分が消滅してしまうのは怖い。それを回避するためには永遠に生きるしかありません。だからといって、若者の血を長生きに利用するというのは強欲というものです。しかし、世間の流れは若者の血を利用する方向に向かっているようです。アメリカには若者の血を利用したスタートアップ企業が相次いで誕生しているそうです」

中島はかぶりを振る。

「まさに欲望の大国ですね。あなたはヒト・プラセンタをご存じですか？」

「人間由来の胎盤《たいばん》のことですね。プラセンタを摂取すると、それに含まれる成長因子により細胞が活性化するんだとか。若返りに効果があるといわれています」

「その行為が人を食らうカニバリズムと何ら変わらないことをわかっていないのです。実にあさましい行為といえるでしょう」

なるほど、そういう意見もあるのかと、祐一は考え込んでしまった。かつて中国では子供が生まれると、母親はその胎盤を食す習慣があったという。動物の中にも出産後に自分の胎盤を食べるものがある。母体によいことが理由だという。それを一概にカニバリズムだと批判することはできないかもしれない。だが、祐一は黙ったまま中島の話を聞いていた。

第四章　燃える死体

1

その死体には顔がなかった。胸から上が焼けただれている。目と鼻と口は黒い穴になっていた。

服装と体格から男性だと思われる。腐臭《ふしゅう》はわずかに漂っているが、表面の腐敗はまだ進んでいない。死後、二、三日くらいか。手指や爪が垢《あか》で黒く汚れていた。ただれていない手の甲の皮膚から察するに五十代以降かと思われる。

現場は東京都文京《ぶんきょう》区湯島《ゆしま》にある住宅街で、築何十年経っているかわからない古ぼけたアパートの八畳ほどの一室にて、男はリクライニングチェアに背をもたせた状態で死亡していた。部屋はすっきりと片付き、物があまりない。まるで引っ越しを控えた部屋のようだ。男はそんな寂しい部屋の中で一人焼け死んでいた。人体の他にはどこも焼けたところはなかった。

朝から嫌なものを見た。長谷部勉は自分の仕事が呪わしい気持ちになった。

所轄の本富士《もとふじ》警察署員と機動捜査隊らはすでに周辺の聞き込みへと散っていた。アパートの室内には、生物学的痕跡を採集する鑑識課員と長谷部の数人の部下が残っているだけだ。

長谷部は先ほど部下から渡された遺留品を手にしていた。ビニール袋の中には使い古された黒い長財布が入っている。手袋をはめた手で開いて見てみると、紙幣はなく、小銭が数枚とほかには、自動車免許証と健康保険の被保険者証が入っていた。そこに記載されている氏名は古屋《ふるや》真一《しんいち》となっていた。今年で五十八歳だ。

階下にいるアパートの管理人から話を聞いていた玉置孝が戻ってきた。

「管理人の話によれば、この部屋の居住者の古屋真一はＩＴ企業に勤務するプログラマーだったそうです。ただ、この三カ月くらいは部屋から出てくる気配がなく、会社を辞めてしまったんじゃないかと言っていました。あと、遺体の発見時、玄関のドアには鍵がかかっていたそうで、いわゆる密室ってやつです」

遺体の第一発見者である管理人の男性は、この部屋の住人である古屋真一を訪ねて来た友人から、「携帯電話を鳴らすと部屋の中から着信音が聞こえる。本人に何かあったのではないか」との訴えを受けて、マスターキーで玄関のドアを開けたところ、室内の焼けただれた遺体を発見したという。

長谷部は小首をかしげた。確かにこの部屋から三本の鍵が見つかってはいたが。

「密室ねぇ。誰かがスペアキーを持っていたら、密室性は崩れるんじゃないか」

「まあ、それはそうですけどね。でも、この遺体を見てくださいよ」

玉置はすっかり興奮した様子で、しげしげと遺体を見下ろした。

「これって、人体自然発火現象じゃないっすかね？」

「人体……発火……。そういえば、前にも脳が焼け焦げるっていう事件を扱ったことがあったな。あれは何だっけ……。脳内にマイクロチップを植え込まれたんだっけか」

脳内にマイクロチップをインプラントし、微弱な電流を流すことで、脳をバージョンアップすることができるという。そのマイクロチップに過電流が流れ、その被験者たちが次々に脳死するという事件が起きたのだ。

「それとは違いますよ。人体自然発火現象っていうのは、何の前触れもなく突然、人間の身体が燃える現象のことです。世界各地で何例も報告があるんです。不思議なのは、犠牲者の周囲に炎の発生源になるようなものが何も見つからないってことです。さらには、人体以外に燃える範囲は狭くて、周囲は壁や床がわずかに燃えるだけ。家全体が消失するほどの火災になることもないんです。極めて不思議な事件ですよ」

長谷部はあらためて室内を見回した。この部屋で燃えているのは遺体だけで、燃え広がった形跡はどこにもない。見たところ、煙草など火元になるようなものも見当たらなかった。キッチンは離れたところにあり、最近使われた形跡もうかがえない。

「おまえ、その手の話好きだな。だいたい人間が自然に発火するなんてことあるわけないだろう」

玉置はいたって真剣な表情で応じた。

「いやいや、世の中にはまだまだ科学では解明されていないことがときとして起きるものなんですよ。たまにオカルト系の番組や雑誌で取り上げられてますけど、まさか自分が人体自然発火現象を担当することになるとは思わなかったっすね。これはまさしくSCIS事案ですよ」

「おれもそっちのほうが楽しいけどな、何でもＳＣＩＳ事案にすりゃぁいいってもんじゃない。少しは自分の頭でも考えてみないと」

「で、考えてわかりましたか？」

「いや、まだ……。って、事件は始まったばかりだろう」

「おれは最上博士に知らせたら解決してくれるように思いますけどね」

長谷部がにらみつけると、玉置は頭を掻いて、ベランダの外へ逃げた。

玄関から外廊下に出ると、長谷部は大きく息を吸い込んだ。息が詰まるような気分だったが、何かがおかしいという気が強くしていた。何だろう、この違和感は、と考える。

その答えを導く前に、声がかけられた。

「長谷部、ちょっと」

外廊下の先に警視庁捜査一課の柳沢登志夫《やなぎさわとしお》課長がいた。柳沢は胡麻塩頭の短髪に中肉中背をした目付きの鋭い男で、現場主義を徹底しているからか、日に灼けた浅黒い顔をしていた。切れ者で通っている捜査一課長である。

手招きしているので、近づいていった。

「はい、何か？」

「見てのとおりだ。尋常の死体じゃない」

「そのようですね」

「おまえが手伝っているSCISの事案じゃないのか?」

柳沢課長が玉置と同じ見方であることにげんなりとさせられた。

「さあ、それはどうですかね。本事案に科学が関係しているのかどうか、わたしにはさっぱりわかりません」

「おまえの班は別に行動して、科学的な見地から本事案を捜査してみてくれ」

それだけ言うと、柳沢課長は外階段を降りていった。いまやSCISはすっかり頼られる存在になったようだ。SCISのメンバーとして、それがうれしくないわけがないが、少しだけ悲しい気分もしていた。昔ながらの刑事の捜査手法が忘れ去られてしまうような。

話を聞いていたのだろう、玉置が奥から顔を出してきた。

「ほら、言ったとおりですよ」

玉置は勝ち誇った顔をしたが、長谷部は不快とばかりに鼻を鳴らした。先ほど引っかかっていたことに思い当たったのだ。

「臭いがない」

「はい？」

「この部屋で燃えたんなら、焼け焦げた臭いが残っていなくてはおかしい。だが、焼け焦げた臭いはしなかった。遺体の真上の天井も煤《すす》があってもおかしくないのにきれいなもんだった」

「あれ、そうでしたっけ？」

「おまえもまだまだだな。つまりだ、遺体は外から持ち込まれたんだ。これは人体自然発火現象なんかじゃない。たぶんな」

2

柳沢課長からの命令なので仕方なく、ＳＣＩＳの長である小比類巻祐一に連絡を入れてみたところ、出張中でしばらく東京には戻れないということなので、長谷部は最上博士の携帯電話にかけてみた。

「ハッセー、おっつー！」

「よう、最上博士、いまはまた八丈島にいるのかな？」

聞けば、博士の大好きな爬虫類・両生類の展示会に参加するため池袋《いけぶくろ》にいるという。緊急の用事だと言って、会ってもらうことにした。池袋に移動して、駅構内の喫茶店で落ち合った。

二人掛けのテーブル席で最上を見つけると、長谷部は対面の席に座った。最上はケーキセットを食べているところだった。

長谷部は携帯電話を取り出して、現場で撮影してきた焼死体の写真を最上に見せた。最上はモンブランをフォークで掬《すく》う手を止めて、携帯電話の画面に見入った。

「もう、ハッセーったら、デリカシーがないなぁ。レディが食事中だっていうのに。もぐもぐ。で、この焼死体がどうかしたの？」

「見てのとおり、この部屋で燃えていたのは死体の男唯《ただ》一人で、他のどこも火が回ったところはない。おまけに、出火原因になるような火のもともなし」

「ふむふむ、それで？」

「タマやんが言ったんだが、これは人体自然発火現象じゃないかっていうんだ。それで、最上博士なら、人体自然発火現象の謎を科学的に解明できるってな」

「まあ、それはずいぶんわたしのことを買いかぶってくれたわね。ありがとう」

最上はちょこんと頭を下げた。おかっぱ頭の髪がさらさらと揺れた。

「で、博士、人体自然発火現象にはどんな科学的な理由が考えられるんだ？」

最上は嬉々《きき》として答えた。

「まず最初に考えられるのは、球電《きゅうでん》現象によるものかなぁ」

「キュウデン現象？」

「球電現象っていうのは、雷雨の際にごくまれに起こる現象でね。落雷による放電現象で空気中に放出された電子が電磁波の塊のような球体になるものをいうの。地面近くの低空に現れて、数秒から数十秒の間、浮遊する姿が目撃されているんだよ」

「ちょっと待った。雷雨って言ったな？　ここのところ晴天続きで、東京で雷雨なんて起きなかったんじゃないか。それに、遺体が見つかったのは室内だしな」

「なら、球電現象説は却下だね。火の元もないんだとしたら、それこそ科学じゃ説明がつかないんじゃないの」

長谷部は肩透かしを食らった気がした。ひょっとしたら、これは人体自然発火現象であり、最上がその説明をつけてくれるのではないかと、わずかに期待していた自分もいたのだ。

「何だ、博士でも人体自然発火現象は説明つかないのか。ってことは、本事案は人体自然発火現象ではないってことだな。つまりは、もっとシンプルで論理的な説明がつく死体なんだ、これは」

「たとえば？」

「室内に焼け焦げた臭いはなし。死体の真上の天井に煤の跡もなし。誰かが殺した死体を外で燃やしてから、室内に運び入れたってわけだ。単純明快だろう」

「さすが、ハッセー！　捜査一課一の切れ者だって噂だもんね」

「まあな。……そんな噂あるかな？」

最上博士に会っても、残念ながら有益な情報は得られなかった。長谷部は少し休憩を取ってから、最上と別れた。

3

東京都二十三区内で発生したすべての不自然死体は、文京区にある東京都監察医務院にて、死体の検案および解剖が行われ、死因が明らかにされる。

長谷部は次に監察医務院を訪れた。アパートの変死体、古屋真一の司法解剖結果について、監察医である柴山美佳《しばやまみか》医師から意見を聞くためである。

解剖室に向かうと、白衣に長身を包んだ女医の姿があった。金髪に染めた髪はサイドをツーブロックにして、両耳にはシルバーのピアスが複数光っている。大きく開いた胸元からは毒々しい色のサソリのタトゥーが覗く。

白色蛍光灯の下、銀色に輝く解剖台の上に、頭までシーツに覆われた遺体が横たわっていた。柴山医師がシーツの上部をめくったので、長谷部は顔をそむけ、あらぬ方を向いた。

「検視で何かわかったことがありましたか？」

柴山医師は無言のままだ。聞こえているはずなのに、どうしたのだろう。

「柴山先生？」

「ああ、わたしに聞いていたの？　あらぬ方を向いていたから、わたしじゃないんだって思った」

「そんな馬鹿な……。ここには先生しかいないじゃないですか」

「それもそうね」

柴山医師はたまに下手な冗談やいじわるをしてみせることがあるので油断がならない。

柴山医師は腰に手を当てて、遺体を見下ろした。

「遺体の気道《きどう》内に煤や熱傷が見られなかったこと、血中一酸化炭素ヘモグロビン濃度がゼロだったことから、このホトケは死後に焼却されたものと思われるわね」

「死後ですか……」

であるならば、なおのこと人体自然発火現象ではなかったということだ。

「じゃ、死因は？」

「窒息死。顔が残っていれば、顔面はうっ血していただろうし、眼瞼結膜《がんけんけつまく》に粟粒《ぞくりゅう》大の溢血点《いっけつてん》が見られたはず。でも、舌の付け根の舌骨《ぜっこつ》が折れていたから、犯人はおそらく手で絞め殺したんじゃないかしらね」

「扼殺《やくさつ》か。れっきとした殺人事件になっちまったな」

長谷部は顎の下をごしごしとしごいた。

「人体自然発火現象が本当にあると思った？」

柴山医師は玉置から事情を聞いていたのだろう。

「いいや、おれははなから懐疑的だった。最先端科学は関係なし。今回はＳＣＩＳ事案じゃなく、捜査一課事案ってわけだ」

「久しぶりに刑事の仕事ができるじゃない？」

「そう。おれもちょっとは刑事らしい仕事をしてみせないとな」

長谷部は柴山医師に礼を言うと、監察医務院をあとにした。

4

刑事部屋の隣にある、使われていない会議室に玉置を呼ぶと、長谷部は最上から聞いた仮説と柴山医師の検視報告について話した。

「というわけでだ、この事案は不可思議な人体自然発火現象なんかじゃない。疑いようのない殺人事件ってわけだ。最上博士も人体自然発火現象は眉唾だって言っていたしな」

玉置は自分の見立てが外れ、面白くなさそうな顔をしていた。

「それだったら、どうして犯人はわざわざ死体を燃やし、部屋に運び込んで、人体自然発火現象に見せかけたんでしょうかね？」

「ああ、それはおれも考えたが、犯人は古屋真一の部屋で古屋真一本人が死んだように見せかけたかったからだろう」

玉置は感心したようにうなずいた。

「そういうことですか。長谷部さん、さすがっすね」

「何がだ？」

「いや実は、遺体のＤＮＡ鑑定は済んだんですが、比較できるＤＮＡがないために、この誰だかわからないままなんです。ＤＮＡに名札がついているわけじゃありませんからね」

「そんなことはおれだってわかってる」

「だから、通常は部屋の中で見つかった生物学的な痕跡のＤＮＡ鑑定をして、本人比較をやるわけですが、それが奇妙なことなんですが、部屋から一本も毛髪や体毛が採取されなかったんです」

「そんな馬鹿な」

人間の居住空間で毛髪や体毛が一本も採取されないということはありえない。日々、毛髪や体毛というものは知らないうちに抜け落ちるものだからだ。

「何者かが徹底的に痕跡を消すために掃除をしたとしか思えないんですよ」

長谷部は腕組みをしてうなった。

「それは、燃やされた死体のＤＮＡと居住者の毛髪のＤＮＡが違うと突きとめられたらまずいからだ」

「やっぱりそういうことになりますよね」

「あの死体が古屋真一である可能性があやしくなってきたな。古屋真一の家族はどうだ？」

家族がいれば、家族のＤＮＡ鑑定をして、燃やされた遺体と血縁関係があるかないかを調べることができる。

玉置は残念そうにかぶりを振った。

「このアパートの契約時に保証人として福岡に住んでいる父親の名前が記載されていたんですが、連絡が取れないんです。いま福岡県警と連携して、父親とコンタクトを取ろうとしているんですが、時間がかかるんじゃないですかね」

「古屋真一は五十八歳で単身住まいということだが、結婚歴はないだろうか。子供がいるかもしれないぞ」

「それについても、いま調べている最中です」

「燃やされた死体が古屋真一じゃないとしたら、古屋真一はどこへ行き、燃やされた死体は誰だ、ってことになる。古屋真一についてもっと知りたいな」

「捜査本部と合流しますか？」

長谷部は考える間もなく言った。

「いや、しない」

玉置は驚いて長谷部を見つめ返した。

「せっかく別行動を許されたんだ。独自の捜査をしてみようじゃないか。たまには自分の頭で事件ってやつを解決してみたいんだ」

「いいですね、やりましょう」

玉置もまた同じ思いなのか、共犯者のような笑みを浮かべた。

5

三日経つと古屋真一についてさまざまなことがわかってきた。捜査本部のチームパワーによって集められた情報である。

長谷部は捜査本部に潜り込ませた玉置を会議室に呼んで報告をさせた。

「古屋真一はギャンブル依存症で、多額の借金を抱えていたことがわかりましたよ」

長谷部は喜びのあまりデスクを叩いた。

「そういうのを待ってたんだ。で、どこから、いくらだ?」

「町金融から三百万円、友人知人が四百万円です。そして、いわゆる闇金融から百万円。合計八百万円です。ちなみに、闇金融から百万円を借りたのは、燃やされた死体が見つかる三日前のことです」

「三日前? これから死のうっていう人間が百万円もどうするんだって話だよな。三途《さんず》の川を渡るんでもそんなに高い渡し賃は必要あるまい?」

「ですよね。やっぱり死体は古屋真一じゃないっぽいですね」

長谷部は一つうなると、腕組みをして椅子の背にもたれた。

だんだんと古屋真一という男の素性がわかってきたように思えた。ギャンブル依存症は病気だ。経済観念は希薄で、古屋の財政は破綻《はたん》してしまった。友人知人から借金をして、町金融からもカネを借りて首が回らなくなってしまった。闇金融に手を出したのは、逃げるためではなかったのか。

「なるほど。これは計画的な犯行だな。本物の古屋真一はあちこちからつまめるだけつまんでから、自分の身代わりの死体を残して高飛びしたってわけだ。闇金から借りた百万は出直しのための支度金だろうな」

玉置は聞いていてぞっとするというようにかぶりを振った。

「古屋真一に見せかける死体を部屋に残したってことは、古屋真一の人生をリセットして、別人として生き始めようとしているってことですよね？」

「おそらく。ずいぶん思い切ったことをしたもんだ。で、ＳＳＢＣは？」

ＳＳＢＣとは、捜査支援分析センターのことで、防犯カメラの画像解析や電子機器の解析などを行っている。現代の犯罪捜査において重要な役割を担っている。

「古屋真一のアパートから最寄りである東京メトロ千代田《ちよだ》線の湯島駅までの道沿いにあ

る建物から防犯カメラの回収作業を行っていますよ。駅周辺や駅構内の防犯カメラも解析しているはずです。いまの時代、家を出たらどこへ行くんでも必ずどこかの防犯カメラに姿を撮られますからね。その人物が行きつく先は時間をかければ必ず突き止めることができます」

「そうだな。古屋真一の行方は捜査本部に任せておけばいい」

「それじゃ、うちらは次に何をするんです？」

長谷部はゆっくりと立ち上がった。

「おれたちは殺されて燃やされた死体が何者なのか突き止めに行くことにしよう」

「突き止めに行く？　どこへです？」

玉置は話の展開が読めないのか、怪訝《けげん》な表情を浮かべている。

「明日の朝は早いから今日は早めに寝ておけよ」

長谷部はそれだけ言うと、会議室をあとにした。

6

翌日朝の五時、長谷部は車の運転を玉置にまかせ、首都高速都心環状線を上野《うえの》方面へ向かった。

玉置はなかなかに運転が上手かった。前後の揺れが少ない。特に停止時はなめらかで、身体に負荷がかからなかった。

玉置は運転して前を見据えながら聞いた。

「そろそろ教えてくださいよ。上野に何があるんです？」

長谷部は助手席で完全にリラックスしていた。自分の手のひらを裏返して見つめた。

「タマやん、遺体の手は見たか？」

「手？　さあ、見たかどうか覚えてないっす」

「おまえもまだまだだな」

玉置は当然不機嫌な声を出した。

「どういう意味っすか？」

「あの手は一度見たら忘れられない。そして、すぐにある種の人々を思いつかずにいられない。指や爪の間が垢で黒く変色していたんだ」

「ひょっとしてホームレスとかですか？」

「ああ。間違ってもIT系の会社員をしていて、プログラマーをやっているようなタイプにはいない」

「へえ。それで都内でもホームレスの多い上野公園に向かってるんですね」

「それに、自分の身代わりの死体を用意するなら、身寄りのないホームレスっていうのはもってこいと犯罪者は考えるかもしれないだろう」

「なるほど。古屋真一はホームレスを殺して、燃やし、自分の部屋に運び入れたかもしれないってわけですね」

長谷部は見えてきた上野公園を囲う黒い樹冠《じゅかん》を指差した。

「上野公園内にホームレスの居住区がある。いま現在、だいたい五、六十人ぐらいが住んでいる。そこから一人取ってきても、ほとんど気にする者はいないと考えるかもしれないだろう」

「いい筋読みですね、長谷部さん」

「あとは、あの死体が誰だったかを突き止めることだ」

上野公園にはいまも多くのホームレスが住み着いているが、以前のようにブルーシートが張られた家が軒を連ねているということはない。都が厳しく取り締まったからで、日中は公園周りのガードレールなどに台車を括りつけ、夜になると台車を引いて寝床にしている場所へ戻ってくるのである。

その場所もだいたい決まっていて、いまでは東京文化会館周りが多い。そのため、ホームレスたちから聴取するには、夜中か早朝に訪ねなければならない。

東京文化会館の軒下を覗いてみると、小ぶりの黒や灰色のテントが点在していた。長谷部と玉置はテントの一軒一軒を回って、話を聞かせてもらうことにした。長谷部は一軒目のテントに立ち入ろうとして動きを止めた。不織布マスク越しにも強烈な体臭が襲い掛かってくるのだ。

「タマやん、ここはおまえに任すわ」

「はあ？　おれにも嗅覚あるんですよ」

「おれは警部でおまえは巡査部長だから」

「警察って機構そのものがパワハラですよね」

玉置はテントの入口から中に向かって声をかけた。

「おはようございます。警察の者なんですが、ちょっとお話いいですか？」

テントの入口が開いた。出てきたのは七十代ぐらいの老人で、上下黒のトレーニングウェアに身を包んでいた。一年中それで生活しているのか、汚れがこびりついている。

「おじさん、いつからここにいるんですか？」

「もう、五年以上になるかなぁ」

歯が抜けているので、聞き取りにくい。

「最近ここで暮らしている人が急にいなくなったということはありませんでしたか？」

「ああ、そんなのはしょっちゅうだね」

「しょっちゅう？」

老人は脇の下を掻きながら答えた。

「朝、テントの入口を開けて見たら、布団の中で動かなかったとか、そんな話はしょっちゅうだよ」

ぞっとさせられる話だ。長谷部は彼らが別世界の住民だとは思えなかった。普通に家があり、給料をもらえている人間も、いつ何が起こり、自分もホームレス側になるかわからないと思った。

「ここ一週間の間で、誰か人がいなくなったりしていませんか？」

「あー、そういえば、岸田《きしだ》さんがいなくなったね」

「岸田さん？　岸田何さんですか？」

「下の名前までは知らない。岸田さんが一週間前ぐらいからいないね」

「年齢はいくつぐらい？」

「六十くらいかなぁ」

「岸田さんについてもう少し詳しくお聞かせいただきたいんですが」

「あー、そういうことなら、ドンちゃんが詳しいんじゃないかな」

「ドンちゃん？」

「そう。土橋《どばし》さんのこと。みんな、ドンちゃんって呼んでいる。この上野公園のホームレスの間では古株で、もう十年以上ずっと居座っている。新入りはドンちゃんのところへ行って、認められない限り、ここでホームレスになることはできないんだ」

長谷部と玉置は老人に教えられたドンちゃんこと土橋のテントへ向かった。土橋のテントは他のテントより二つ分大きかった。入口に向かって声をかけてみると、身ぎれいな小ざっぱりした六十絡みの男が顔を出した。丸坊主の蛸《たこ》入道のような男で、口の周りに白い無精ひげを生やし、白のタンクトップを着て、黒のショートパンツを穿《は》いていた。足元はサンダルだ。男は風呂に定期的に入っているのか、体臭がせず、服装もきちんとクリーニングされているようだった。

長谷部はテントの入口から中を覗いた。土橋の背後にほんの一瞬小ぶりながら金庫が置かれているのが見えた。土橋は内部を隠すように入口を閉めた。

今度は長谷部が尋ねた。

「土橋さんですか？」

「ああ、そうだけど」

酒焼けしたようなダミ声が返ってきた。

長谷部が警察手帳を見せても、土橋は顔色一つ変えなかった。

「警察が何の用だ？」

けっして喧嘩腰ではなく、今日の天気を聞いているような聞き方だった。

「土橋さんはここら一帯を仕切っているんだってね？」

「仕切ってるわけじゃない。これだけいたら、トラブルになることもあるから、新入りがテントを張る場所を決めてやったり、仕事の紹介をしてやったりしているだけだ」

「いずれにせよ、ここにいる全員に目配りをしているわけだ」

「まあ、そうなるかな」

「一つうかがいたいんだけども、数日前に、ここからいなくなった方はいませんか？　岸田さんという名前だったかもしれませんが」

「ああ、岸田さん。いたね」

「岸田何さんですかね？」

「ええっと、確か岸田太志《ふとし》」

「〝ふとし〟はどう書くかわかりますか？」

「〝太い〟に〝志〟」

長谷部は手帳に「岸田太志」と書いて見せた。

「岸田太志、間違いないですかね？」

土橋はうんうんとうなずいた。

「フルネームまでよくご存じでしたね？」

「岸田さんは運転免許証を持っていたからね。見せてもらった。ホームレスになってもね、身分証明書を持っている人はいるんだよ。ホームレスというと一文無しの人間が多いと思われるかもしれないけど、ここにいるホームレスで年金もらっている連中は少なくないんだよ」

「そうなんですか。岸田さんが使われていたテントを見せてもらってもいいですか？」

土橋は蛸のような頭をつるりと撫でた。

「それならもうないよ。一週間経っても戻ってこなかったから、もう片しちゃったから。本人の所持品とかもなかったしね」

「というと、岸田さんはどこかへ消えた？」

「そう。よくあることだ。いまごろは新宿や荒川《あらかわ》あたりで寝床を見つけてるんじゃないの。知らんけど」

「そうですか……」

「周囲に馴染めなかったんじゃないかな。おれたちの間でも人間関係ってあるからね」

土橋はポケットから煙草を取り出し、火を点《つ》けた。

7

古屋真一の友人知人からの聴取で、古屋には結婚歴があることがわかり、携帯電話のバックアップデータの解析から、元妻である金井寛子《かないひろこ》の連絡先が判明した。捜査一課の捜査員が寛子に聞いたところによれば、古屋と寛子の間に生まれた、中学生の一人息子の尊《たける》がちょうど一週間前に古屋と会ったという。

一課の人間がすでに二人から聴取を行ったということだったが、長谷部は事件の全容をつかむために古屋真一の人となりに迫りたいという思いから、金井寛子と尊から話を聞きたいと思った。

金井寛子は大学進学向けの予備校で講師をしているとのことで、夜の十時を過ぎないと自宅には戻ってこないということだった。

長谷部と玉置は十時十五分に金井寛子が住む三鷹《みたか》の都営住宅団地の一つの棟を訪ねた。

エレベーターで三階まで上がった。三〇一号室が金井寛子の部屋だった。インターフォンを鳴らすと、グレーのスーツに身を包んだ五十代の女性が出てきた。金井寛子だ。

金井は仕事から帰ってきたばかりなのか、仕事着のままのようだった。

長谷部と玉置は靴を脱ぎ、八畳ほどのリビングへ上がった。物が片づけられた清潔な部屋で、中央に大きなローテーブルが置かれ、それを囲むように座卓が配されていた。

長谷部と玉置は金井寛子と尊と向かい合って座った。尊は中学三年生ということだった。人見知りなのかずっと顔を合わせようとせず、うつむいたままだった。

長谷部は努めて穏やかな口調で切り出した。

「警察に何度も聞かれているでしょうが、今日もいくつか聞かせてください。ええっと、息子さんの尊君は一週間前にお父さんに会われたんですよね。それはいつのことだったか覚えてますか？」

尊は小さくうなずくとぼそぼそとしゃべり始めた。

「一週間前の四月十日です。夜の八時に駅の改札口で会いました」

尊は事前に確認してくれたのだろう、正確な日時を答えてくれた。

「お父さんに会ったのはどのくらいぶりかな？」

「三年ぶりです」

「お父さんのほうから連絡があったのかな？」

「はい。前日の夜に電話がかかってきました」

「駅で会ってからどこかへ行った？」

「好きなものを食べていいって言うから、お寿司が食べたいって言ったら、近くの回転寿司に連れていってくれました」

「そのとき、どんな話をしたかな？」

尊は思い出そうとするように目をつぶった。

「学校はどうだ、とか。勉強はがんばってるか、とか。それから、彼女はできたか、とか。将来の夢はなんだ、とか。そんなことを聞かれました」

「お父さんはこれからどこかへ行くようなことは言ってなかったかな？」

「言っていません」

「お父さんにどこか変なところはなかった？」

尊は顔を上げ、初めて長谷部の顔を見た。

「父は変でした。いままでそんなことあらたまって聞いてきたことなんかなかったから。それに……」

尊はまたうつむくと、だんだんと顔を歪《ゆが》めた。いまにも泣き出しそうな顔つきになっていた。

「父は泣いていたんです。お寿司を食べながら泣いていました」

「どうして泣いているのか聞いた？」

「いえ……。でも、父はもうぼくとは会えないんだなって思いました。これが父と会う最後なんだって。そんな気がしました」

それまで黙って息子を見守っていた寛子が長谷部のほうを向き、真剣な顔つきで尋ねた。

「あの人は何かをしたんですか？」

「いや、まだわかりません。何かわかりましたら、あらためてお知らせいたします」

「いえ、けっこうです！」

強い口調で寛子が拒絶した。

「わたしたちはもうあの人と関わり合いたくないんです。放っておいてください」

そう言うと、寛子は尊の肩を抱いて、一緒に涙を流した。

棟の外に出ると、長谷部は大きく息を吸って吐いた。何だかあの二人の親子を見ていて、つらくなってきてしまったのだ。寛子と尊はギャンブル依存症で家庭を崩壊させた古屋の呪縛から逃れるため離婚したが、いまなお古屋の影につきまとわれ困惑している。一度家族の契《ちぎ》りを結んだ者たちは、互いの関係を完全に断つことはできないのだろうか。血のつながりはもとより、心のつながりさえ容易には断てないのかもしれない。長谷部は別れた元妻のことを思った。元妻は再婚を果たしたが、幸せでいるかどうか気になるし、子供がいないにもかかわらず、いまもたまに連絡を取っている。

玉置が同情するように言った。

「あの家族も不幸っすよね。とんでもない野郎と結婚してしまったばっかりに……。離婚しようとも、元旦那が殺人者っていうのはこたえますよ。息子にとってはいまも父親ですし」

長谷部は黙り込んでいた。一つ引っかかっていることがあった。

目敏《めざと》く長谷部の異変に気付いた玉置が聞いていた。

「どうしたんすか、長谷部さん？」

「タマやん、人を殺したあとに、三年ぶりに再会したわが子と寿司が食えるか？」

「は？」

「人を殺した人間が、もう二度と会えないかもしれないと、そう覚悟を決めて、息子と会うことができるだろうか？」

玉置は困ってしまったように首をかしげた。

「そういわれると、そんな心境じゃ、わが子と会うにも気が引けるでしょうね」

長谷部はうなずいた。

「おれたちが探すべきは、人を殺したあと、平気な面《つら》して寿司を食える人物だろうよ」

8

その日朝五時に、長谷部は玉置とともに上野公園前にいた。岸田太志さんを扼殺し、遺体の上半身を燃やし、焼死体に見せかけて、古屋真一の部屋に遺棄した真の人物を逮捕するためだ。

東京文化会館の軒下を覗くと、大きめのテントから土橋がぬっと顔を出したところだった。土橋は長谷部たち二人の顔を見ると、びくりと身体を震わせた。前回とは雰囲気が違うことを汲《く》み取ったようだった。表情のない顔で長谷部をにらんだ。

長谷部は土橋についていろいろ調べてきていた。

「土橋浩三《こうぞう》、おまえには殺人の前科があるな？　二十五年前に知人を殺害し、十二年の懲役刑を食らっている」

前とは打って変わって土橋は震えていた。

「罪は償った。いまさら警察にとやかく言われる覚えはない」

「その口ぶりじゃ、心から罪を償ったとはいえなそうだな」

長谷部は圧力をかけるように言った。

「ここへやって来た岸田太志さんの首を絞めて殺害し、焼死体に見せかけて、古屋真一のアパートに遺棄したのはおまえだな？」

「おれに殺人の前科があるから岸田さんを殺害したのもおれだっていうのかよ。とんでもない言いがかりだな」

土橋の顔からは完全に血の気が引いている。

「証拠はあるのかよ？」

「あんたは時々身ぎれいにして、都心に出かけては旨いもんを食っているらしいじゃないか。そんなカネはどこから得ているんだ？」

土橋は笑おうとしたが上手くいかなかった。

「連中に仕事の斡旋《あっせん》をしてやっていると言ったろう。それから年金も少しだがもらっている。元犯罪者でも年金はもらえるんでね。こつこつ貯めて、たまに旨いもんを食っただけで、おれが人を殺したことになるのかよ」

長谷部はテントの奥のほうを指差した。

「そこの金庫にいくら入っているのか気になるんだがね」

土橋は血相を変えて吠えた。

「断る。令状でもあるっていうのか？」

「そう焦るな。あんたはなぜ岸田太志さんの名前をすべて知っているんだ？」

「言っただろう。おれは岸田から運転免許証を見せてもらったって」

「なぜ身分証を見せてもらった？　岸田さんがあんたに見せる筋合いはないと思うがね」

「仕事の斡旋のときに必要になるからだ。身分証を持っているほうが、仕事を任せやすいんでね」

土橋は見かけによらず頭の回転が速く口が上手い。

長谷部は慎重に追い込もうと気を引き締めた。

「あんたは岸田さんがホームレスにはめずらしい運転免許証を持っていることを知った。これを利用しない手はないと思った。すなわち、身分を変えたい人間への運転免許証の転売だ。いや、転売ではないか、おまえは岸田さんから運転免許証を買い取ったわけじゃない。岸田さんを殺して奪い取ったのだからな」

「て、てめぇ、適当なことを言いやがって。証拠があるのか、ああ？」

「まあ、焦るなと言っているだろう。そのうちかかってくる」

「何が？」

そのとき、携帯電話の着信音が鳴った。長谷部のものだ。

長谷部はおもむろに携帯電話をスーツの内ポケットから取り出して、片方の耳に当てた。

「見つかったか」

長谷部は静かな、しかし重く響く声で言った。

土橋の喉が鳴る音がした。

「古屋真一。そうか。身柄は確保したんだな？　よしよし。よくやった。警視庁へ身柄

にした。

「そこで、長谷部は通話を切ると、携帯電話を握りしめ、土橋のほうへ突き付けるよう
「現代の警察の科学捜査には目を瞠《みは》るものがある。容疑者がこの日本列島のどこに逃れようとも、おびただしい数の防犯カメラの目から逃れることはできない。そいつがどこの駅で乗り、どの通りを歩き、どの店に入ったのか、そして、どこへたどり着いたのか、その道筋を防犯カメラがすべて追ってくれている」

「へえ、そうかい。警察が楽をする時代だな」

「たったいま仙台《せんだい》の繁華街で身柄を押さえられた古屋真一という男も同様に防犯カメラの包囲網が大きく貢献したケースだ。何人《なんぴと》も警察の目からは逃げられない。古屋真一は岸田太志さんの運転免許証を所持していたよ。おまえが岸田さんから奪って古屋に渡したものだ。免許証には元の持ち主の岸田太志さんと古屋真一のものの他に、土橋、おまえの指紋もしっかり残っているはずだ。もうこれで言い逃れすることはできない。おまえは岸田さんの首を絞めて殺し、どこかで上半身だけを焼き、古屋の家に運び込んで、古屋の死体に見せかけ遺棄した。おまえはその見返りに、古屋が町金融から借りた百万

円を受け取った。違うか？」

長谷部の鋭い目に射すくめられて、土橋は青ざめた顔つきになっていた。

「証拠はもう全部上がってるんだ。土橋、岸井太志さんを殺害したのはおまえだな？」

土橋はもう反撃してこなかった。あきらめたように大きく肩を落とした。


土橋浩三は自供し、捜査本部からやってきた捜査員らが連行していった。

柳沢登志夫課長がやってきて、感心したようにうなずいた。

「ＳＣＩＳ案件じゃなかったそうだな？」

「ええ、最初から違うと思ってました」

「どうして？」

「刑事の勘ですよ」

「言うな。今後も頼むよ、その勘に」

柳沢課長はにやりと微笑むと、踵《きびす》を返して行ってしまった。

引き上げていく警察車両を見送りながら、長谷部の横で玉置が言った。

「それにしても、長谷部さんさすがですね、さっきの電話。古屋真一はまだ見つかってもいないんでしょう？」

「まあな」

「まあなって、横で聞いてて冷や冷やしましたよ。でも、土橋には効きましたね。で、誰にかけさせたんですか？」

長谷部は長いため息をついた。

「元奥さんだ。うちは喧嘩別れしたわけじゃないから、いまも緩《ゆる》い付き合いがあるんだ。寿司を奢《おご》れと言われたよ」

「そうですか。よっぽど信頼できる人なんでしょうね」

「ああ、一度結婚したくらいだからな。いまでも完全につながりが切れたってわけじゃないんだ」

「また元の鞘《さや》に戻ったらどうです？」

「あっちはとっくに再婚して幸せにやってるよ」

9

それから十日後、古屋真一は名古屋《なごや》市内のネットカフェで身柄を拘束された。容疑は有印私文書偽造《ゆういんしぶんしょぎぞう》・同行使だった。SSBCの活躍の賜物《たまもの》である。古屋真一は岸田太志として新たな生活を始めようとしていたところだった。

長谷部は会議室に玉置を呼び、その後の状況を報告させた。

玉置はうれしそうに言った。

「古屋真一が所持していた岸田太志さんの運転免許証から、ちゃんと土橋浩三の指紋が出ましたよ。あとは遺体を焼いた場所の特定などができればまずは一件落着ですね」

それから、玉置は真面目な顔になって続けた。

「古屋真一には岸田太志さん殺害の幇助《ほうじょ》の疑いもありましたが、土橋浩三が岸田太志さんの殺害は一人でやったと自供していること、また、岸田さんの殺害の件を古屋真一は知らなかったことから、古屋真一への幇助の疑いはなくなりました」

長谷部はほっと安堵の息を吐き出した。それは気にしていた部分だった。古屋真一に重い刑が科せられることを望んでいない自分がいた。

元の家族を見てしまったからだろうか。家族ではなくとも、血のつながっている息子の流す涙を見てしまったからだろうか。そんなものに刑事が心を動かされるのはセンチメンタルすぎることはわかっている。被疑者への量刑が軽くなることを希望することはおかしなことだとはわかっている。

それでも、長谷部は金井寛子と尊の親子のこの先の人生に幸があらんことを希望しないではいられなかったし、古屋真一がギャンブル依存を改め、また息子との食事を楽しむことができる日が早く来ますようにと、祈らずにはいられなかった。

第五章　誰にも言えない永遠の愛の物語

1

その日は日曜日で、小比類巻祐一は母の聡子と一緒に娘の星来を近所の公園に連れて行き、一緒にバドミントンをすることになっていた。星来は身体を動かしたいようだし、祐一は日ごろの運動不足を解消できるしで、両者の思惑が一致したのだ。母はバドミントンはしないが、三十五歳の息子と六歳になったばかりの孫の様子をスマホで撮るつもりでいる。母の夫、つまり、祐一の父の重夫《しげお》が脳梗塞《こうそく》で他界してから、母は星来の面倒を進んで引き受けてくれていた。

公園には親子連れが多かった。アスレチックを楽しんでいる親子もいれば、芝の上でミニキャンプを張る家族もいた。ランナーの集団がアスファルトの小道を走っていく姿も見える。

芝生の端の一角を使わせてもらうことにして、祐一と星来は適当な距離を離れて向かい合った。母は早くもスマホで二人を撮影している。星来は最近ますます亡き妻の亜美に似てきていた。亜美は六年前にがんで他界していた。

「わたしから打つね」と星来の打った羽根はあらぬ方向に飛んで行ってしまった。これは骨が折れるぞと、祐一は明日の筋肉痛を覚悟して、小走りになって羽根を拾い、星来に向かって打ち返した。

星来はきゃっきゃとはしゃぎながらも、ぜんぜん打ち返すことができない。初めてのバドミントンなのだから当たり前か。それでも楽しいようで何よりだった。

祐一が打った羽根が勢いよく星来の頭上を越えた。

「ごめん、ごめん」

「もう！　パパったら！」

星来はぷんぷんと怒りながら羽根を拾いに駆けていった。

何とはなしに辺りを見回したところ、祐一は星来と変わらない年頃の女の子が木陰からこちらを見ているのに気づいた。祐一と少女の視線が合った。少女は小さくうなずくようなお辞儀をすると、くるりと背を向けて駆け出していった。

祐一は少女の後ろ姿を目で追ったが、「パパ」という声で視線を引き剝《は》がした。振り返ると、すでに星来によって打たれた羽根が目の前に飛んできていた。そのまま祐一の顔面に羽根がぶつかった。

星来は何が面白いのかきゃっきゃと大はしゃぎだ。

「やったなぁ！」

祐一はわざとまた星来の頭を越えるように強めに打った。

「パパの下手《へた》っぴ！」

星来はまた怒って羽根を拾いに駆け出した。

その隙に、祐一は再び少女の行方を追った。

少女の姿はもう消えていた。

事実として、白木恵奈《しらきえな》は半年前に亡くなった。祐一の知人である白木拓郎《たくろう》の一人娘で、星来より一歳年上だった。先天的に心臓の病を抱えており、小さいころからずっと病院で治療を受けていた。移植用の臓器不足および金銭面の問題から、八カ月前、国外で免疫系の拒絶反応を引き起こさないよう遺伝子組み換えをされた豚の心臓の移植手術を受けた。すでに世界ではいくつか成功例のある手術ではあったが、新しい心臓との相性がよくなかったのか、手術から三カ月後に、恵奈は他界した。

祐一が公園で見た少女は白木恵奈によく似ていた。もちろん、他人の空似に決まっている。

帰宅してからも、祐一はずっと少女のことが頭から離れなかった。

恵奈の父親、白木拓郎は祐一と警察庁の入庁時の同期で、同じ帝都大学卒業生であり、近所に住んでいることもあって、会えば話をする数少ない知人の一人だった。

夕方になり母が夕ご飯の用意をしている間も、祐一はダイニングテーブルの椅子に腰かけ、消えた少女のことを考えていた。

気になるのは、少女が祐一を知っていたようだったことだ。視線が合ったとき、わずかにお辞儀をしたからだ。

祐一はキッチンにいる母に尋ねた。

「さっき公園で白木の娘さんを見かけたような気がしたんだ。死んだ恵奈ちゃんだ」

母が驚いた声を上げた。

「ええっ？　恵奈ちゃんって半年くらい前に亡くなった子でしょう。かわいそうよね。心臓の病気でしょう？」

「ああ、でも、確かに見たんだ」

「似てる子を見かけただけでしょう？」

「いや、あれは間違いなく恵奈ちゃんだった」

母は怪訝《けげん》な眼差しで祐一を見つめた。

「白木さんのご夫婦はいたの？」

「いや、見ていない。いたのかもしれない」

「他人の空似よ。そういうことはよくあるわよ」

「そうかな。視線が合ったとき、うなずき返された気がしたんだ」

「幽霊でも見たんじゃないの？」

母は本気ともつかない口調で言った。幽霊なるものを一番自分が信じていないはずだ。

母聡子は六十歳のいま、私立の女子高で、理科の臨時講師をしている。趣味はサイエンス系のノンフィクションを読みふけることだ。そんな母が幽霊の存在を信じているわけがない。

ふと重要なことを思い出した。

「そういえば、母さん、スマホで動画を撮ってたね？　あれ、見せて」

祐一は母からスマホを受け取り、今日撮った動画を再生した。映っていてくれることを祈りながら見ていると、ちゃんとその子は映っていた。

「いた！　ちゃんといた！」

母がキッチンからやってきて、スマホに顔を近づけた。

驚愕と悲嘆の入り混じったような声で言った。

「あら、やだ。恵奈ちゃんそっくりじゃないの」

「だから、言ったろう」

祐一はあらためて動画の中の少女を見つめた。

間違いようがない。どこからどう見ても、白木恵奈である。

「どういうことだ。なぜ恵奈ちゃんが生きているんだ？」

「どうしたの？」

お風呂から出てきた星来が話に入ってこようとした。

星来にはまだ早い話だと判断して、祐一は誤魔化すことにした。

「いや、何でもない。星来はほら学校の宿題があるんだったな？　自分の部屋でちゃんと宿題を終わらせなさい。ご飯になったら呼ぶから」

星来はつまらなそうに、リビングの隣にある自室へ入っていった。

母が声をひそめるようにして言う。

「そっくりだけど……。白木さんのうちは双子なんじゃないの？」

「いいえ、そんな話は聞いたことがない」

「ご姉妹がいたんじゃないの？」

「あの家は一人っ子だと聞いている」

「じゃあ、親戚のお子さんじゃないの。きっとその子が恵奈ちゃんにそっくりなのよ。それにしてもそっくりすぎるけれど……」

祐一は自分のスマホに手を伸ばしかけてやめた。白木に直接聞いてみれば済む話ではある。しかし、娘を失ったばかりの相手に、その娘とそっくりな親戚でもいるのかなどと聞くのは、ぶしつけすぎるだろう。

祐一は不可解に思いながら食事を終えると、自室のある一階上の部屋に向かった。

2

祐一と母は同じマンションの別々の部屋にそれぞれ住んでいる。そのほうが互いに気兼ねなく暮らせるからだ。

祐一はシャワーを浴びて、部屋着に着替えてから、リビングのソファに腰を下ろした。これからが一日で唯一自分一人になれる時間だった。ノートパソコンを開いて、あるアプリを起動させた。

画面に映像が現れた。銀色の繭《まゆ》のようなカプセル型の容器が映し出された。上部には楕円形の小窓が開き、眠れる美しい女の顔が浮かび上がっている。ライブ画像であるが、動きは全くない。

「亜美、今日はね、星来とバドミントンをやったんだ。星来はまだぜんぜんへたっぴだけど、とっても喜んでいたよ」

祐一がアプリを立ち上げ、眠れる亜美に語り掛けるのは、毎晩の儀式のようになっていた。

ふと、拓郎にも祐一のような秘密があるのではないかと思った。死者を生き返らせるようなカラクリが。

祐一はそう考えると興奮して、その日の夜は眠れなかった。

3

翌日、警察庁へ登庁すると、午前中は仕事をして過ごし、昼休みになるまでじりじりする思いで待った。

昼休み前になると、白木拓郎のいる総務課へ顔を出した。白木を手招きし、他に聞こえない小さな声で、「ちょっと話がある」と伝えた。

白木はそれだけで何かを察したようで、隣にある使われていない会議室へと向かった。

「いったい何だ？」

会議室へ入るや、祐一が席に座りもしないうちに、白木は警戒するように言った。

「聞きたいことがある」

祐一も単刀直入に話すことにした。

らみつけてきた。

「恵奈ちゃんをどうしたんだ？」

白木はこの話題を予感していたのだろう、口を真一文字に結び、まっすぐに祐一をにらみつけてきた。

沈黙があった。白木があまりにも何も言わないので、祐一のほうから続きを話さなければならなかった。

「恵奈ちゃんは半年前に亡くなったはずだ。だが、おれは昨日の日曜日、公園で恵奈ちゃんを見た。他人の空似ではない、間違いなく、おまえの娘さんの恵奈ちゃんだった」

「おまえは他人の家に土足で踏み込もうとしている」

「それならば、なぜ人目に付く近所の公園で遊ばせていたんだ？」

「あの公園は恵奈が生前一番好きな場所だったからだ。遠くに出かけられない恵奈にとって、あの公園は家から一番遠く離れた場所だった」

「どうして恵奈ちゃんがいまもいるのか教えてほしい」

「おまえに教えなければならない義務はない。おまえはとっくにわたしの家に土足で上がり、もっとも踏み込んではならないところを踏み荒らそうとしている」

祐一はいままで誰にも言ったことがないことを、目の前の憐れな男にならば話してもよいと思った。

「実はわたしも似たようなことをしている。がんで死亡するはずだった妻をアメリカのトランスブレインズ社の冷凍保存倉庫で保存してもらっている。だから、亜美はまだ死んではいないんだ」

唐突な祐一の告白に、白木は驚きを隠せない様子だった。

その隙を突くように、畳みかけて言った。

「教えてほしい。いったいどうやって、一度死んだ人間をよみがえらせた?」

白木は疲れたようにどっと椅子に腰を下ろした。それからおもむろに口を開いた。

「おれはおまえが力を注いでいるSCISについては聞き知っている。トランスヒューマニズムを標榜《ひょうぼう》する連中を相手にしていることもな。世間にはあまり受け入れられていない連中だ。だが、おれは彼らにシンパシーを感じるようになった」

トランスヒューマニズムとは、科学技術の力により人間が自ら次なる進化のステージへと変革することをよしとする思想のことである。人間が不死を目指すべく、身体をサイボーグ化することや、先天的および後天的な遺伝子の改変については賛否両論あるだろう。白木がトランスヒューマニズムに傾倒しているとは……。

「おれの見た恵奈ちゃんはクローンなのか？」

「ただのクローンじゃない。あの子は恵奈そのものなんだ」

「どういう意味だ？」

「恵奈は生まれたときすでに心臓に病を抱えていることがわかった。医者にいつ死ぬかわからないと宣告されていた。そこで、中国系の産婦人科クリニックに頼み、妻の子宮から未受精卵を取り出して核を除去したものを準備し、それに恵奈の体細胞を融合させて、妻の子宮に移植した。おまえならわかると思うが、クローン羊のドリーが誕生したのと同じやり方だ。こうして、恵奈と十カ月違いの恵奈のクローンが誕生したんだ」

「クローンを密かに育てていたのか？」

「いや。親戚に子供のない夫婦がいてね。その夫婦に育ててもらっていた。そして、本当の恵奈が死んだとき、おれたちはクローンの恵奈を呼び寄せたんだ」

祐一はかぶりを振った。自分が手を染めたことに勝るとも劣らない話だった。

「それはクローンであって、恵奈ちゃんではないじゃないか」

「いや、それが恵奈にできるんだ。マインド・アップローディングを知っているか？」

祐一は言葉を失うほど衝撃を受けた。マインド・アップローディングは知っていたが、祐一が黙っていると、白木は知らないと思ったらしく熱い口調で説明を始めた。

「マインド・アップローディングとは、脳の化学的な構造をスキャンして、そのデータを高性能のコンピュータに転送すること、つまり、人間の精神をコンピュータ上に移す技術だ。人間の脳には約一千億の神経細胞があって、それらを結ぶ一兆ほどのコネクションが存在している。その神経回路の地図〝コネクトーム〟は当然人それぞれ違っていて、その違いが個人の違いを生んでいるんだ。そのコネクトームをコンピュータ上に移すことができれば、人間はコンピュータ上で生きることが可能になるんだよ」

白木のしゃべっていることはけっして世迷言《よまいごと》ではない。二〇一三年、EUはヒューマン・ブレイン・プロジェクトという事業に十億ユーロ（当時のレートで約一千億円）を超える公的資金を投入した。ヒトの脳の実際に動作するモデルを創造し、十年以内にそれを人工的な神経ネットワークを使ってスーパーコンピュータ上でシミュレートするというのだ。

「生前、恵奈のコネクトームをスーパーコンピュータに移す作業を行った。そして、そのデータを恵奈のクローンに移したというわけだ。だから、あの子は恵奈なんだ」

祐一は白木の浅はかな考えに怒りを覚えた。

「クローンだろうと、生きているからにはその子には個性があったはずだ。それなのに、恵奈ちゃんのデータで上書きしたっていうのか」

白木は祐一の怒りなど気にしていないようだった。それより、残念そうにかぶりを振った。

「実のところ成功したかどうかはわからない。マインド・アップローディングはまだ実験段階なんでね。恵奈はおれのことも覚えているのかどうか怪しいくらいなんだ」

白木はがっくりと肩を落とし、それきり何も言わなくなってしまった。

4

祐一は白木恵奈の眼差しを思い返していた。白木は恵奈が自分のことも覚えているかどうか怪しいと語っていたが、恵奈は祐一をじっと見て、かすかにうなずいたように見えた。恵奈は祐一を覚えていたのだろうか。実の親を覚えておらず、赤の他人の祐一を覚えているとは考えにくい。恵奈がうなずいたように見えたのは勘違いだったのかもしれない。

「クローンか……」

祐一は一人つぶやいた。

白木をつい責めるようなことを言ったが、自分の子供が重い病にかかり死に瀕《ひん》していると知った親ならば、科学的に可能であるのなら、どんなことをしてでも、わが子を生き返らせようと考えるだろう。わが子だけではない。愛する人を失いつつある者ならば同じことをするはずだ。

祐一は亜美を冷凍保存した。亜美のクローンをつくろうという考えは浮かばなかったし、人間へのクローン技術の応用は少なくとも日本では禁じられている。

祐一は和室に入ると、押し入れの襖《ふすま》を開いた。そこには小ぶりながら金庫が置かれている。ダイヤルを回して、金庫のドアを開くと、桐の箱が仕舞われていた。

祐一は桐の箱を開いた。和紙に包まれ数本の髪が大切に保管されてある。

亜美の髪だ。

髪の毛根には細胞がある。細胞があれば、死者のクローンをつくることはできるのだ。がんの治療方法が確立されたとしても、冷凍保存の解凍が上手く行かなかった場合のことも考えていた。いつの日か、亜美のクローンを生み出せたなら……そんな可能性にも懸けていたのだ。

「亜美……」

祐一はいつまでも亜美の髪の毛を見つめていた。

＊初出
『3分で読める！ 誰にも言えない○○の物語』（二〇二一年五月 宝島社文庫）「誰にも言えない永遠の愛の物語」を改稿

終章

警察犬の存在は予期していた。やつらの嗅覚を狂わす化学物質と最終手段のためのサイレンサー付きの拳銃を隠し持っていた。透明マントさえあれば、警察の手から逃れるのは容易だ。とはいえ、SCISが目障りな存在であることに変わりはない。

唐木田優成は、姿見の前で透明マントを脱いだ。裸の身体が現れる。その目は怒りに燃えていた。

頭部移植は〝超長寿〟への道を開く技術だ。頭を挿げ替えれば、脳細胞が崩れない限り、延々と生き続けることができるのだから。そんな重要な実験体を殺害した者への天罰は自分が下したかったのだが、SCISの邪魔が入ってしまった。

SCISのトップである小比類巻祐一という男の顔を思い浮かべる。そして、最上友紀子という科学者の顔を。科学的素養のある希有《けう》な警察官僚と天才科学者というコンビ

——。あの二人を始末しない限り、ＳＣＩＳは邪魔な存在であり続けるだろう。科学万能主義者として、これからも最先端の科学技術を使った人体実験を行っていくつもりだ。法の整備はまだ追いついておらず、違法な実験も出てくるだろう。そのときに、ＳＣＩＳが自分の前に立ち塞がるのを防がなくてはならない。

透明マントさえあれば、相手に気づかれることなく葬り去ることは可能である。なぜいままであの二人に手を下さなかったのか不思議なくらいだ。

唐木田は姿見に向かって薄く微笑んだ。

島崎課長を殺した犯人を捕まえ損ねた。あいつはすぐそばにいた。

小比類巻祐一は薄ら寒さを感じていた。いま自分が生きているのは唐木田が手を下さないでいるからだ。その思いを強くする。透明マントを持った男がその気になれば、どの誰であれ簡単に消し去ることができるだろう。

唐木田があの場に現れたのは自分の手で頭部移植者を殺した犯人を葬りたかったからだ。それをＳＣＩＳの自分たちが邪魔した形になった。

本気で怒らせただろうか？　ＳＣＩＳをつぶすには祐一か最上か、あるいは両者を消さなくてはならないと考えただろうか？

これからは用心するに越したことはない。祐一は気を引き締めた。

「パパ、怖い顔してるよ？」

星来の指が祐一の頬に触れた。はっとわれに返る。

「ごめん、ごめん。ちょっと考え事していた」

祐一は星来と一緒にソファに座り、テレビの子供番組を観ていた。頭を撫でようとすると、星来は身をよじって逃れた。思わず笑みがこぼれる。

この幸せを失いたくない。死ぬわけにはいかない。

祐一は唐木田との対決を意識して、強く心にそう誓った。

主な参考・引用文献

本書を執筆するに当たりまして、左記の書籍・ウェブサイトを参考にさせていただきました。一部ほぼ引用させていただいた箇所もあります。ありがとうございました。

『科学で解き明かす禁断の世界』エリカ・エンゲルハウプト　日経ナショナル ジオグラフィック社
『トランスヒューマニズム』マーク・オコネル　作品社
国立研究開発法人　国立成育医療研究センター　ホームページ
日本大百科全書（ニッポニカ）　小学館
『健康食品・サプリ［成分］のすべて〈第7版〉ナチュラルメディシン・データベース日本対応版』　同文書院

『未来は決まっており、自分の意志など存在しない。』妹尾武治　光文社新書
『まだ科学で解けない13の謎』マイケル・ブルックス　草思社
『フィールド　響き合う生命・意識・宇宙』リン・マクタガート　インターシフト
『ゲノム編集の光と闇』青野由利　ちくま新書
『超怪奇現象の謎』並木伸一郎　監修　ポプラ社

サイエンスライターの川口友万氏にはアナフィラキシーショックの情報に関しまして多大な協力をたまわりました。心より感謝を申し上げます。サプリメントの飲み合わせに関しまして、日本健康食品・サプリメント情報センター（ＪＡＨＦＩＣ）理事で同文書院代表の宇野文博氏と、（株）レイヘイゼマーコンサルティング代表取締役ＣＥＯで薬剤師でもある中川礼一氏、城西大学薬学部で食毒性学研究室教授の和田政裕氏の多大なご協力をたまわりました。心より感謝を申し上げます。ご仲介いただきましたオリスジャパン株式会社代表取締役の田中麻美子氏にも深謝申し上げます。

本作はフィクションであり、作中の登場人物、事件、団体、商標などは、実在のものとは関係がありません。作中で触れられている科学的事象に関しましては、過去のＳＦが現実になる時代において、基本的に事実のみを記載しています。物語をエンターテインメントにするための論理の飛躍は多少行いました。人類の叡智の結晶である科学はわれわれにユートピアをもたらしてくれるかもしれませんが、良識と良心を失えば、それがディストピアにもなりかねません。読者のみなさまには、科学の素晴らしさと幾ばくかの危うさを、ミステリーの中で、楽しんでいただけましたら幸いです。

（著者）

光文社文庫

文庫書下ろし

SCIS《エスシーアイエス》 最先端《さいせんたん》科《か》学《がく》犯《はん》罪《ざい》捜《そう》査《さ》班《はん》SS Ⅱ

著 者 中《なか》村《むら》 啓《ひらく》

2024年6月20日 初版1刷発行

発行者 三 宅 貴 久
印 刷 新 藤 慶 昌 堂
製 本 ナショナル製本

発行所 株式会社 光 文 社
〒112-8011 東京都文京区音羽1-16-6
電話 (03)5395-8147 編 集 部
8116 書籍販売部
8125 制 作 部

落丁本·乱丁本は制作部にご連絡くだされば、お取替えいたします。
ISBN978-4-334-10342-2 Printed in Japan

組版 萩原印刷

光文社文庫最新刊

- 〈磯貝探偵事務所〉からの御挨拶　小路幸也
- 繭《まゆ》の季節が始まる　福田和代
- 新しい世界で　座間味《ざまみ》くんの推理　石持浅海《いしもちあさみ》
- 不知森《しらずもり》の殺人　浅見光彦シリーズ番外　和久井清水
- SCIS　最先端科学犯罪捜査班SS Ⅱ　中村 啓《ひらく》
- はい、総務部クリニック課です。　あれこれ痛いオトナたち　藤山素心《もとみ》
- 火星より。応答せよ、妹　石田 祥
- ゴールドナゲット　警視庁捜査一課・兎束晋作《うづかしんさく》　梶永正史
- 屍者の凱旋　異形コレクションLVII　井上雅彦・監修
- 夜の挽歌　鮎川哲也短編クロニクル1969~1976　鮎川哲也
- 照らす鬼灯《ほおずき》　上絵師 律の似面絵帖　知野みさき
- 花いかだ　新川河岸ほろ酔いごよみ　五十嵐佳子